Diogenes Taschenbuch 20608

de
te
be

Fanny Morweiser

# *Lalu lalula, arme kleine Ophelia*

*Eine unheimliche Liebesgeschichte*

Diogenes

Die Erstausgabe erschien 1971
im Diogenes Verlag
Umschlagillustration von
Edward Gorey


80/87/36/3
ISBN 3 257 20608 9

# I

Es war an einem Samstag, einem Samstag im Totenmonat November — draußen war es trüb und neblig, die Straßen waren naß, Treppen und Gänge der Kaserne schmutzig und feucht gewesen, als ich nach Hause gekommen war —, als die alte Frau mir Charlottes Brief zeigte. Wir saßen am Tisch und tranken Kaffee, ich hatte die Zeitung vor mir liegen und sah mir das Kinoprogramm an, denn samstags gingen wir immer ins Kino und anschließend in ein altes Café am Stadtrand, in dem die alte Frau schon in ihrer Tanzstundenzeit gewesen war. Es war ein kleines Café, in dem es noch runde Marmortische und Samtportieren gab, ein nahezu vergessenes kleines Café, das es sicher bald nicht mehr geben würde, denn es war fast immer leer, wenn wir hinkamen. Es schien nur einen einzigen Stammgast zu geben, einen älteren Mann mit galliger Gesichtsfarbe, der verdrossen in seinem Kaffee rührte und starren Blicks einer Erinnerung nachhing, derentwegen er immer hierherkam, einer Erinnerung, die wahrscheinlich so verblaßt war wie der Samt der Vorhänge, die hinter ihm hingen. Ich hatte einen Film gefunden, von dem ich glaubte, daß er der alten Frau zusagen würde, als sie mir den Brief hinhielt.

»Charlotte hat geschrieben«, sagte sie.

Ich sah erstaunt hoch. »Charlotte! Wie lange hast du nichts mehr von ihr gehört?«

»Also, wenn du mich das fragst ... ein Jahr mindestens ... Aber bei Charlotte wußte man ja nie ...«

Sie schwieg. Ich wußte, was sie sagen wollte. Bei Charlotte wußte man nie, wo sie gerade steckte, jeder Ort konnte ihr Aufenthaltsort sein, sie zog im Land umher und verkaufte Horoskope. War sie einmal gerade in der Nähe, kam sie uns besuchen, die alte Frau, die ihre Schwester war, und mich, das Findelkind, wie sie mich immer nannte. Ich erinnerte mich an ihren letzten Besuch.

Sie hatte auf dem Sofa gethront, die Beine in den dicken, grauen Wollstrümpfen behaglich von sich gestreckt, eine rundliche, kleine, gutmütig aussehende Person mit struppigen grauen Haaren, die trotz der ausgelatschten Schuhe und des abgetragenen Kleides fröhlich und selbstbewußt wirkte. Sie hatte zufrieden an ihrem Likörglas genippt und lachend mit der Hand abgewinkt, als ihre Schwester sie bat, doch den Winter über bei uns zu bleiben.

»Nein, nein, sicher, es ist hübsch hier bei dir«, beifällig nickend hatte sie sich in der Küche umgesehen, »aber ich würde mich trotzdem fühlen wie ein Vogel im Käfig. Ich habe meine Freunde überall, und ich werde immer irgendwo ein Plätzchen finden, wo ich etwas zu essen bekomme und schlafen kann. Im Winter sind zwar keine Jahrmärkte in den Dörfern, aber dann verkaufe ich meine Horoskope an den Türen, und ich werde mehr als einmal gebeten, doch einzutreten und einen Bissen zu essen. Vor allem«, sie hatte zufrieden gelacht, »weil ich kein einziges Horoskop dabeihabe, das ein Unglück anzeigt. Ich habe nur glückliche Voraussagen, Hochzeiten, Reisen, Erbschaften. Na, ihr wißt ja«, hatte sie hinzugesetzt, einen Schluck Likör nehmend, »es ist sowieso alles nicht wahr.«

»Das wissen wir, Charlotte«, hatte die alte Frau streng gesagt, und wir mußten alle drei lachen.

Seit jenem Nachmittag also hatte sie nichts mehr von sich hören lassen, und nun war ein Brief von ihr da, wunderlich genug, denn ich konnte mich nicht erinnern, daß Charlotte jemals einen Brief geschrieben hätte.

»Hör zu.«

Die alte Frau faltete einen großen Bogen vielmals geknifften, blauen Papieres auseinander und begann zu lesen.

*Liebe Schwester,*

*Du wunderst Dich bestimmt, daß Du nach so langer Zeit von mir hörst, aber ich konnte Dich nicht mehr besuchen. Ich erkläre Dir alles, wenn Du erst bei mir bist. Komm zu mir und bring das Findelkind mit, es ist weit, und ich habe kein Geld, um es Euch zu schicken, aber hoffentlich könnt Ihr trotzdem kommen. Fahrt mit dem Zug nach G., das ist ein kleines Dorf in einer Ebene, dort fragt nach dem Haus des Herrn Sebastian. Dort bin ich und erwarte Euch.*

*Viele herzliche Grüße*

*Deine Charlotte. Es geht mir gut.*

»Das Haus des Herrn Sebastian?« Die alte Frau ließ das Blatt sinken und sah mich fragend an.

»Eine Umschreibung für Gefängnis, nehme ich an«, sagte ich, »Charlotte war dir gegenüber schon immer sehr zartfühlend.«

»Das glaube ich nicht, nicht von Charlotte. Charlotte ist durch und durch ehrenhaft.«

»Bis auf ihre Horoskope«, wagte ich zu erinnern.

»Das hat nichts zu sagen«, die alte Frau warf

mir einen scharfen Blick zu, »alle Horoskope sind falsch, ob sie von Glück oder Unglück berichten. Auf jeden Fall fahren wir hin, und zwar am Montag. Vorher sagen wir in deinem Laden Bescheid.«

Wir machten uns fertig und zogen unsere Mäntel an, um ins Kino zu gehen. Wir stiegen die schlüpfrigen, breiten Steintreppen im Haus hinunter, kamen in den dunklen Torweg und durch ihn hinaus auf die Straße. Es regnete, und ich mußte daran denken, wie der Regen an diesem diesigen Spätnachmittag auf dem Friedhof all die weißen Chrysanthemen niederdrücken würde, die die Leute an Allerheiligen auf die Gräber gestellt hatten. Friedhofsblumen, wächsern schimmernd vor dem feuchten Grün der Büsche, und die Toten, die, wenn der Friedhof verlassen war, zaghaft aus ihren Verstecken schlüpften und an ihre Grabsteine geschmiegt die morschen Gesichter in den Regen hielten. Ich seufzte leicht und folgte der alten Frau, die schon in Richtung der Straßenbahnhaltestelle vorausgegangen war, während ich noch mit offenen Augen in den Regen geträumt hatte.

Seit zwei Jahren lebte ich bei der alten Frau. Wir wohnten direkt in einer ehemaligen Kaserne neben den Bahngeleisen, und das Rattern und Pfeifen der Züge war uns so zur Gewohnheit geworden, daß wir es nicht mehr beachteten als das Trommeln des Regens gegen die Fensterscheiben oder das leise Summen des Wasserkessels auf dem Herd. Unsere Wohnung bestand aus zwei kleinen Räumen — einem für sie und einem für mich — und der Küche, in der wir eigentlich lebten, dort nahmen wir unsere Mahlzeiten ein, wuschen und trockneten unsere Wäsche, lasen und erzählten uns, hörten Radio, sahen aus dem Fenster ...

An dem Fenster des kleinen Zimmers, in dem ich schlief, führte die Treppe des Fußgängerviaduktes vorbei, und wenn ich auf dem Bett lag, konnte ich die Füße der Leute betrachten, die die Stufen hinauf und hinunter stiegen, es war ein fortwährendes Kommen und Gehen, es gab schnelle, hastige Schritte, die die Eisenstufen zum Dröhnen brachten, aber es kamen auch müde und alte Füße, die träge am Fenster vorbeischlurften, ich hörte das helle Klick-Klack von Schuhen mit hohen Absätzen und das Trippeln von Kinderfüßen, die ihnen folgten. Es war der Klang der schweren Arbeiterstiefel, der mich morgens weckte, kurz bevor in der großen Fabrik jenseits der Geleise die neue Schicht anfing.

Durch das Fenster in der Küche aber konnten wir in den Hof hinuntersehen, wir sahen die drei anderen Seiten der Kaserne, die jetzt zum Mietshaus geworden war, wir sahen die vielen Fenster, mit und ohne Vorhänge, und die drei dunklen Höhleneingänge, die aber nichts anderes waren als die drei Torwege, die unter den Häusern hindurch hinaus auf die Straßen führten. So wie unser beider Leben sich, wenn wir zu Hause waren, fast immer in der Küche abspielte, so spielte sich, vor allem im Sommer, ein großer Teil des Lebens dieser riesigen Wohngemeinschaft unten im Hof ab. Kinder spielten und schrien den ganzen Tag, sie hatten sich Häuschen aus alten Brettern und Säcken gebaut, sie beschmierten die Wände mit Kreide, sie balgten sich und tanzten im Kreis herum, sie spielten Verstecken und Fangen, und ihre Stimmen schallten von den Wänden zurück, wurden bis zu unserem Fenster emporgetragen und versanken wieder wie einer ihrer Bälle, die sie hoch in die Luft warfen und wieder auffingen. Frauen mit Einkaufstaschen überquerten den Hof, wurden von einer der dunklen Einfahrten verschluckt und tauchten nach einiger Zeit wieder auf, wenn es kurz nach dem Ersten oder dem Fünfzehnten des

Monats war, die Taschen gebläht von Brot, Bierflaschen und einigen Ringen Fleischwurst, mit der sich so viel anfangen ließ — man konnte sie kalt auf Brot essen, man konnte sie im Wasser erhitzen, und man konnte sie in Stücke schneiden und im Gemüse mitschmoren, so daß sie das Fleisch ersetzte.

Wenn es Abend wurde und die Glocken der Ägidiuskirche ganz in der Nähe zur Vesper geläutet hatten, fanden sich die Männer rauchend und biertrinkend unten zusammen, sie saßen auf alten Gartenstühlen und auf umgedrehten Kisten, sie lehnten sich mit dem Rükken gegen die Hauswand, sie sprachen, erzählten, gestikulierten mit den Händen, während über ihren Köpfen aus geöffneten Fenstern Radiomusik oder Kindergeschrei kam. Manchmal drangen zu uns, die wir uns, wie viele andere der Frauen, die in den Wohnungen zurückgeblieben waren, ans Fenster gesetzt hatten, Wortfetzen herauf... Krieg... damals ... weißt du noch... Geflüster und heftig ausbrechendes Gelächter, das nur langsam verebbte. Später flammten Lichter in den Fenstern auf, Frauen beugten sich als schwarze Silhouetten vor und riefen einen Namen... und wenn es schon ganz dunkel war und die alte Frau neben mir seufzend aufstand, um das Fenster zu schließen, konnte ich noch unten im Hof die Glühwürmchen der Zigaretten sehen, die nur einen winzigen Augenblick einen rötlichen Schein auf ein Gesicht warfen, um es dann wieder in der Dunkelheit versinken zu lassen.

Es war ein friedliches Leben, das wir hier führten. Wir kannten niemanden näher, aber alle Gesichter waren uns vertraut, und wenn ich morgens fortging, die hohen, hallenden Gänge entlang und die ausgetretenen Stufen in dem riesigen Treppenhaus hinunter, so grüßte ich jeden, den ich sah. Ich grüßte die dicke Frau, die jeden Morgen noch im Nachthemd und mit Lockenwicklern in den Haaren ihren Hund hinausließ, und ich grüßte den kleinen, krummen Schuhmacher, der um diese Zeit schon vorsichtig zu hämmern begann und der immer seine Tür offenstehen ließ, damit ihm auch ja nichts entging. Ich ging an Türen vorbei, hinter denen mit Geschirr geklappert wurde, jemand schimpfte, ein Wasserkessel pfiff, ein Löffel zu Boden fiel ...

Ich lebte hier, solange ich mich zurückerinnern konnte, und das waren zwei Jahre, was vorher gewesen war, war in meinem Gedächtnis ausgelöscht. Eines Abends zog mich die alte Frau auf ihre Knie und erzählte mir, daß sie nicht meine Mutter sei, »... nein, nicht einmal mit dir verwandt, weißt du. Du wurdest in einem verlassenen Haus drüben auf der anderen Seite des Flusses gefunden. Ein Arbeiter, der nachts durch die Straße ging, hörte wirres Reden und Rufen, er drang in das Haus ein und fand dich in einem Zimmer. Du warst krank, lange krank, ich habe in der Zeitung von dir gelesen und dich zu mir geholt. Es ist vielleicht gut so, daß du alles vergessen hast, was mit dir geschehen ist, daß du nichts mehr weißt, nicht einmal mehr deinen Namen. Ich habe dich Martha genannt, meine kleine Martha ...« Sie hatte geseufzt und in Gedanken verloren vor sich hingeblickt, ich aber streichelte ihr über die Wange, was brauchte ich Vater und Mutter, ich hatte ja sie, und ich liebte sie sehr.

Ich arbeitete in einem kleinen Laden hinter der Ägidiuskirche, der den Nonnen gehörte. Nur selten schlug in dem dämmerigen Raum die Glocke an, dann kam ich aus dem Hinterzimmer, in dem ich gesessen und gelesen hatte, und verkaufte Opferkerzen, Heiligenfigürchen und Rosenkränze, und wenn Kinder kamen, schenkte ich ihnen Heiligenbildchen, die schon jahrelang in einer Schublade gelegen hatten, bunte und in dem sanften Halbdunkel des Ladens seltsam grell aufleuchtende Bildchen, Maria, Josef und Jesulein in Rosa und Hellblau, süße Farben, die den Kindern gefielen. Abends, wenn ich die Tür des Ladens hinter mir geschlossen hatte, machte ich einen Umweg und ging durch fremde Straßen nach Hause. Es war schön, durch die Straßen zu gehen und dabei an die kleine Küche zu denken, in der die alte Frau saß und auf mich wartete, zwei Teller und zwei Tassen vor sich auf dem Tisch, daneben die Kaffeekanne ... Ich wußte, das Radio würde leise spielen wie jeden Abend um diese Zeit, Musik zum Feierabend, immer nur kurz durch Nachrichten unterbrochen. Ich sah die vielen Gestalten und Gesichter der Menschen, die an mir vorbeigingen, mich streiften, zuweilen ansahen, ich sah sie und sah sie doch nicht, ich ging nach Hause wie auf eine glückliche kleine Insel, jede andere Welt, außer dieser meiner eigenen kleinen, war mir fremd.

Nach dem Essen spülte ich das Geschirr ab und setzte mich zu der alten Frau ans Fenster. Wir sprachen nicht viel, sie strickte oder häkelte, und wenn es an der Zeit war, erhob sie sich seufzend und gähnend, wie jeden Abend, nickte mir zu und schlurfte müde hinüber in ihr Zimmer. Ich hörte sie noch herumhantieren, ein Stuhl wurde gerückt, ihr Bett quietschte, dann wurde es still.

Ich aber schlief noch lange nicht. Zwar ging auch ich in mein Zimmer und legte mich aufs Bett, schmiegte den Kopf in die Kissen und hörte auf die Stille. Keine Schritte waren mehr auf dem Viadukt, und das Pfeifen eines Zuges kam wie aus weiter Ferne. Ich schüttelte den Tag ab und legte mir den weichen roten Mantel der Nacht um. In dem fahlen Licht, das von außen in mein Fenster fiel, blickte ich auf meine Hände, meine Finger begannen zu wachsen, sie wurden zu weißen Schlinggewächsen, die sich durch das Zimmer verbreiteten und wunderliche, duftende Blüten trieben. Und wenn der ganze Raum mit diesem Duft erfüllt war, strandeten seltsame Gestalten an meinem Bett. Sie lösten sich aus den Falten meines Mantels hinter der Tür, sie entsprangen dem Klirren der gläsernen Karaffe auf dem Tisch, sie kauerten sich neben mich, stützten ihre Arme auf den Bettrand, murmelten leise und rückten sich zurecht. Ein leises Wogen und Bewegen — bis alle da waren. Sie erzählten ... Ich hörte ihnen zu, und erst spät in der Nacht schaukelten mich ihre Stimmen in den Schlaf.

## 2

Als ich die Augen aufschlug, noch benommen und verwirrt, machte mir erst das eintönige und gleichmäßige Rattern des Zuges auf den Schienen wieder bewußt, wo ich war. Ich war allein in dem Abteil, in dem noch kein Licht brannte, müde drehte ich den Kopf und sah aus dem Fenster. Der Zug fuhr durch eine Ebene. Auf beiden Seiten der Geleise dehnten sich die grauen, braunen und olivgrünen Schachbretter der Felder bis zum Horizont. Es fing schon an zu dämmern, hie und da unterbrachen eine von Bäumen begleitete Chaussee, ein einsames Gehöft, ein kleines Dorf, dessen Häuser sich dicht um einen Kirchturm zusammendrängten, die eintönige Landschaft. Ich sah hinaus, die Stirn gegen die Scheibe gelehnt, und plötzlich spürte ich, wie ein seltsames Gefühl meinen Nacken versteifte — ich erschrak. Das war die Landschaft aus einem Traum, einem merkwürdigen Traum, den ich immer wieder geträumt hatte.

Auch dort fuhr ich mit dem Zug durch eine endlose Ebene, der Horizont verschwamm im Dunst eines blauen Winternachmittages. Ich verließ den Zug an einer kleinen Station und wanderte einen schmalen Pfad entlang, der in weitem Bogen um ein Dorf herum zu einem kleinen Wäldchen führte. Manche Fenster in den Häusern des Dorfes wurden schon durch das Licht, das die Bauern der frühen Dämmerung wegen angezündet hatten, zu honiggelben Vierecken. Ich hörte das Klirren von Ketten und Eimern, das Muhen einer Kuh. Aus den Schornsteinen stieg Rauch auf. Ich wandte dem friedlichen Dorf den Rücken und folgte dem Pfad, der sich durch das kahle Wäldchen zog und dann am Fuß einer hohen Mauer entlanglief. Irgendwo in der Mauer stand ein Tor offen, durch das ich in einen einsamen Park eintrat. Große, entlaubte Bäume, auf denen Krähen saßen, umstanden einen kleinen Teich, in dem sich ein altes, verlassenes Haus mit zerbrochenen Fensterscheiben spiegelte. Ich sah verwelkte Blumenrabatten und unter einem besonders großen, alten Baum, der seine kahlen Äste weit über das Wasser streckte, einen verwitterten Tisch. Ich ging zum Rande des kleinen, grauen Teiches, schritt durch das Schilf, das ihn umgab, immer mehr in das Wasser hinein, bis ich den Boden unter den Füßen verlor. Leise schaukelnd sank ich bis auf den Grund. Dort blieb ich liegen, mit weit offenen Augen, ich hörte fern das Kreischen der Krähen, und das Wasser durchflutete mich so sanft, wie es einem Fisch durch die Kiemen fließt.

Das war mein Traum gewesen, und dies war also die Ebene, und ich wußte, es würde nicht mehr weit zu der kleinen Bahnstation sein.

Tatsächlich hielt der Zug auch bald, ich stieg aus und stand nun allein, mit meinem Köfferchen neben mir, auf dem Bahnsteig. Allein, denn die alte Frau fühlte sich krank und war zu Hause geblieben. Sie hatte darauf bestanden, daß ich zu Charlotte fahren solle, und mir versichert, daß sie sich sehr gut allein versorgen könne. Ich war den ganzen Tag gefahren und sehr müde. Ich nahm meinen kleinen Koffer und trat in den winzigen Warteraum des Bahnhofs, in dem sich auch der Fahrkartenschalter befand. Der Bahnbeamte knipste meine Rückfahrkarte, ohne mich anzusehen. Er war ein kräftiger, älterer Mann mit einem freundlichen Gesicht.

»Ich möchte hier eine Bekannte besuchen«, sagte ich zu ihm, »und sie schrieb, sie wohne in Herrn Sebastians Haus, könnten Sie mir sagen, welchen Weg ich am besten gehe?«

Er hob sehr schnell den Kopf und sah mich an.

»Sie wollen in das Haus?« fragte er erstaunt,

aber dann beschrieb er mir den Weg, einen Pfad, der im Bogen um das Dorf führte, hinter einem Wäldchen eine Mauer entlanglief, bis zu einem schmiedeeisernen Tor.

»Dort läuten Sie, Anton wird Ihnen aufmachen.«

»Es ist wohl«, fragte ich, »so eine Art Heim? Ein Altersheim?«

»Ja, ja«, sagte er, »so eine Art Heim.«

Er drehte mir den Rücken zu, und ich sah am Zucken seiner Schultern, daß er lachte.

Also doch ein Gefängnis, dachte ich bekümmert. Arme Charlotte. Aber wegen Landstreicherei kann man doch niemanden so lange einsperren.

Ich ging am Dorf vorbei, durch das Wäldchen, die Mauer entlang und kam zum Tor. Inzwischen war es fast dunkel geworden. Ich preßte mein Gesicht an das schmiedeeiserne Gitter, Licht schimmerte durch die Bäume, als ein Windstoß durch die fast entlaubten Äste fuhr, schlug im Dorf die Turmuhr. Sieben langsame, weitentfernte Schläge, sie drangen zu mir wie aus einer anderen Welt. Mich fröstelte. Ich fand einen Holzgriff, der sich kalt und feucht anfühlte, er hing an einer eisernen Kette, die oben aus einem Loch in der Mauer kam. Als ich heftig daran zog, begann irgendwo eine Glocke zu scheppern — lange blieb es still —, dann hörte ich etwas wie ein Schleifen. Als es näherkam, erkannte ich, daß es Schritte waren, jemand kam auf dem Kies, der auf der anderen Seite des Tores auf den Boden gestreut war, auf mich zu.

Es war ein großer, magerer Mann, der sich zu mir herunterbeugte und barsch fragte:

»Wer sind Sie?«

»Ich ... ich habe einen Brief von Charlotte.«

»Charlotte«, unterbrach er mich, »dieses Teufelsweib.« Er umfaßte mit einer Hand das Gitter und brachte sein Gesicht dicht vor das meine.

»Bleiben Sie hier stehen«, zischte er leise, »laufen Sie ja nicht weg, aber nein, auf einmal sind Sie verschwunden, bis ich wiederkomme. Ich glaube, ich muß Sie reinlassen, sonst wird noch mehr Unheil angerichtet. Diese Charlotte ...«

»Niemand richtet Unheil an«, erwiderte ich ihm ärgerlich, »es tut mir leid, daß ich so spät komme, aber ich mußte den ganzen Tag bis hierher fahren. Ich wollte nur schnell Charlotte guten Tag sagen und sie fragen, wo ich im Dorf am besten übernachten kann. Morgen werde ich dann zu einer günstigeren Zeit kommen.«

»Schon gut, schon gut«, murmelte der Mann. Mit einem schweren Schlüssel öffnete er einen Flügel des Tores, nahm mich unerwartet sanft am Arm und zog mich zu sich herein. Hinter mir schloß er wieder ab. Er nahm mein Köfferchen und ging, fortwährend seinen langen, schmalen Schädel schüttelnd, vor mir unter den Bäumen den kiesbestreuten Weg entlang. Wir kamen zu einem großen Haus, dessen warm erleuchtete Fenster sich im Wasser eines nahegelegenen Teiches spiegelten. Wir stiegen ein paar Stufen empor, er öffnete eine schwere, braune Holztür und wartete, bis ich an ihm vorbei war. Er schloß die Tür sachte wieder, als wolle er kein Geräusch verursachen. Wir standen auf einem breiten, mit Steinplatten ausgelegten Gang, von dem mehrere Türen abgingen, am Ende des Ganges führte eine teppichbelegte Treppe hinauf ins Dunkle. Hinter einer Tür hörte ich eine Frau lachen, dann sprachen mehrere Stimmen auf einmal, wieder lachte die Frau, jemand begann auf einem Klavier herumzuklimpern. Der magere Mann sah mich an, legte den Zeigefinger auf seine Lippen und ging vor mir her auf die Treppe zu.

Er stellte meinen kleinen Koffer nieder, drehte sich nach mir um, ob ich ihm auch folgte, und stieg die Treppe hinauf. Ich hielt mich am Geländer und ging ihm nach. Oben angekommen, machte er Licht. Der gleiche Gang wie unten tauchte aus der Dunkelheit auf, nur hatte er keinen Steinboden, sondern einen mit Teppichen belegten Holzboden. Auch hier gab es Türen, rechts und links, Bilder hingen an den Wänden, am Ende des Ganges spiegelte sich das Licht in einem Fenster mit bunten Glasscheiben. Ich blieb zögernd stehen, der Mann, der schon vorangegangen war, kam wieder zurück, nahm mich am Arm und ging mit mir auf eine der Türen zu, unter der ein schmaler Streifen Licht hervorschimmerte. Er klopfte leise an.

»Ja«, antwortete es von innen.

Er drückte die Klinke herunter und trat ins Zimmer, ich folgte ihm. Hinter mir schloß er die Tür und lehnte sich dagegen.

»Ich bringe Besuch, Herr Sebastian«, sagte er.

An einem mit Büchern beladenen Tisch saß ein Mann. Ich sah nur die Haare, das Gesicht war hinter einem Buch verborgen. Nun ließ er das Buch erschrocken sinken, und ich sah sein Gesicht. Es war gleichzeitig alt und jung, und seine Augen strahlten in einem hellen und zornigen Blau.

»Anton«, die Stimme klang scharf, »du weißt doch . . .«

»Ich weiß«, sagte Anton hinter mir an der Tür, »aber sie hat einen Brief von Charlotte.«

»Von Charlotte, ach«, er wurde blaß und sah mich jetzt erst an, ». . .das ist gut so, Anton, ich ließ Charlotte diesen Brief schreiben, ich habe Sie erwartet.« Er stand auf und kam, beide Hände ausgestreckt, auf mich zu.

»Seien Sie herzlich willkommen«, er lächelte, und ich sah, daß er nicht größer war als ich und daß er einen Buckel hatte.

»Ich gehe jetzt lieber«, sagte Anton. Der kleine, bucklige Herr nickte ihm zu, und Anton verschwand.

»Kommen Sie, setzen Sie sich.«

Herr Sebastian führte mich zu einem Sessel, der in einer Fensternische stand, setzte sich mir gegenüber und nahm eine Katze auf den Schoß, die in der Sesselmulde geschlafen hatte.

Er streichelte die Katze und kraulte sie hinter den Ohren, zufrieden schnurrend wälzte sie sich auf den Rücken, vorsichtig fuhr er ihr mit dem Finger über den Hals. Es war warm hier, und es roch nach den kleinen roten Äpfeln, die in einem Holzteller aufgehäuft auf dem Tisch vor dem großen schwarzen Ledersofa standen, das den einzigen Platz an der Wand einnahm, der nicht mit Regalen voll Bücher ausgefüllt war. Die Katze schnurrte, und Herr Sebastian sah mich an. Die Katze drehte sich wieder auf den Bauch, streckte ihre Krallen aus und zog sie wieder ein, vor Behagen hatte sie die Augen geschlossen...

»...waren Sie sehr erstaunt über diesen Brief?«

Die Frage kam sanft, der Ton, in dem sie gestellt wurde, war höflich und leise, trotzdem lag irgendeine Drohung darin, die ich nicht verstand.

Ich sah ratlos in dieses ruhige Gesicht mir gegenüber und öffnete den Mund, um etwas zu sagen. In diesem Moment riß jemand die Tür auf und rannte herein. Die Tür fiel krachend wieder ins Schloß.

»Findelkind«, schrie Charlotte, sank vor mir auf die Knie und nahm mich lachend in die Arme. Sie war unverändert. Ihre Augen leuchteten, ihre Apfelbäckchen glühten, sie roch nach Wein, und ihre Haare waren struppiger denn je. Nur ihre Kleidung war etwas seltsam. Sie trug ein weinrotes Samtgewand, das ihr bis an die Waden reichte, und Strümpfe aus schwarzer, durchbrochener Spitze.

Die Tür öffnete sich wieder, langsam, ein Spalt, der immer größer wurde, ich sah hinüber, konnte aber niemanden erkennen. Da bemerkte ich plötzlich, daß eine Art Hund ins Zimmer gekrochen kam, aber es war kein Hund, es war ein Mensch in einem zottigen, alten Pullover und schmuddeligen Hosen, der langsam über den Teppich auf mich zukam. Er schnupperte mit seiner Nase am Saum meines Mantels, hob dann den Kopf, blickte mich aus sanften, braunen Augen an und sagte leise: »Wau.«

Herr Sebastian hatte die Hand über die Augen gelegt, die Katze saß mit gesträubten Haaren auf seinen Knien und fauchte, sie machte einen Buckel, sprang herunter und flitzte durch die offengebliebene Tür hinaus.

Herr Sebastian beugte sich vor und legte dem »Hund« die Hand auf den Kopf.

»Nun wird es Ihnen ja klar geworden sein, was für ein Haus dies ist«, er lächelte freundlich, »dies ist nichts weiter als ein nettes, kleines Irrenhaus auf dem Lande.«

## 3

Beim Abendessen saß ich zwischen dem Kapitän und Judith. Wir aßen an einem runden Tisch, in dessen Mitte ein Leuchter mit brennenden Kerzen stand. In ihrem Licht schimmerten Wassertropfen, sie hingen an den weißen Rosen, die jemand in einer Schale auf den Tisch gestellt hatte.

Der Kapitän war sehr dick, er trug eine scharlachrote Uniform, deren Farbe aber von der Röte seines Gesichtes fast noch übertroffen wurde. Er verfügte über eine laute, dröhnende Stimme und drohte mir immerzu, er werde mich übers Knie legen, wenn ich mir nicht mehr auf den Teller laden würde. Ich nahm trotzdem nicht mehr, und er legte mich auch nicht übers Knie, sondern stieß nur tadelnd mit seiner Zunge an die Zähne... tsz... tsz... tsz, um sich dann wieder seinem Essen zuzuwenden. Er war vielleicht etwas wunderlich, aber nicht verrückt... oder doch? Und Judith? Judith war schön, blaß und üppig, mit traurigen, dunklen Augen. Ja, bei Judith konnte ich mir eher vorstellen, daß sie... Und die andere, diese Frau mir gegenüber, die aussah wie eine Kröte, mit schweren Lidern auf das Tischtuch starrte und Kügelchen aus Brot zwischen ihren Fingern drehte? Sie trug ein langes, schwarzes Seidenkleid, eine schwarze Stoffrose blühte auf ihrem Busen. Zur Rechten der Frau saß Charlotte, sie zwinkerte mir manchmal zu, zur Linken war ein Stuhl frei, aber unter ihm lag der Hund, das konnte ich an dem Schmatzen und Schlürfen, das von unten heraufdrang, feststellen. Zwischen Judith und dem Hund saß Herr Sebastian. Er aß fast nichts, hatte die zusammengefalteten Hände unter sein Kinn gelegt und sah nachdenklich vor sich hin. Von einem halbgeöffneten Fensterflügel her strich der Wind über den Tisch und brachte die Kerzenflammen zum Flackern.

»Was meint ihr«, sagte Herr Sebastian und visierte mich durch den roten Inhalt seines Weinglases an, »sollen wir sie hierbehalten?« Alle sahen mich an. Ich legte erschrocken mein Besteck nieder und blickte auf Charlotte.

»Aber ja, natürlich«, schrie Charlotte und zappelte aufgeregt auf ihrem Stuhl, »deswegen habe ich doch den Brief geschrieben. Sie muß hierbleiben, und meine Schwester soll auch kommen.«

Judith drehte ihren Kopf zu mir und nickte lächelnd:

»Auch ich würde mich freuen.«

Die Kröte hob kurz die Lider. Der Blick, den sie mir zuwarf, war überraschend menschlich.

»Sie paßt zu uns«, kam es gedehnt aus ihrem breiten Mund.

Ich zog entrüstet die Luft ein.

»Herr Kapitän?« fragte Charlotte.

»Ich mag sie, ich mag sie«, verkündete der Kapitän mit schallender Stimme, »sie erinnert mich an eine reizende, kleine Seejungfrau, die ich auf einer Tanginsel mitten im Indischen Ozean ganz zufällig kennenlernte, als mir meine Pfeife ins Wasser fiel und sie die große Freundlichkeit besaß ... ach ja.« Er sah mich an, ohne weiterzusprechen, nickte mit dem Kopf und kratzte sich hinterm Ohr. Niemanden schien der unvollendet in der Luft schwebende Satz zu beunruhigen.

»Der Hund mag sie auch«, bemerkte Herr Sebastian, und unter dem Tisch grunzte es bejahend.

Ich spürte, wie ich blaß wurde.

»Ich glaube nicht«, brachte ich hervor, »ich ...«

Herr Sebastian hatte sein Glas niedergestellt und sah mich an. Das genügte. Ich tastete erschrocken nach Judiths Hand und hielt sie fest. Niemand sprach, sogar der Hund hatte zu schmatzen aufgehört.

»Sie bleibt also hier, und sie ist sehr glücklich darüber.« Sie lachten und tranken mir zu. Auch ich trank viel von dem mir ungewohnten schweren, roten Wein und wurde sehr vergnügt. Die Gesichter mir gegenüber begannen vor meinen Augen zu verschwimmen, sie schwollen an und fielen wieder in sich zusammen wie der Vorhang am offenen Fenster, den der Wind zuweilen leicht blähte. Herr Sebastian griff über den Tisch nach meiner Hand.

»Nun«, fragte er mit einer spöttischen und gleichzeitig zärtlichen Stimme, »sind Verrückte nicht die netteste Gesellschaft, die Sie sich vorstellen können?«

Er wartete keine Antwort ab, stand auf, ging zur Tür und öffnete sie.

»Veronika«, rief er.

Ein ältliches Mädchen kam herein, hinter ihr in der Tür tauchte Anton auf.

»Wer hilft mir heute?« fragte sie.

»Ich«, die Kröte schob sich vom Stuhl hoch und begann die Teller zusammenzustellen.

Ich sah mir Veronika an, nur unter dem einen Gesichtspunkt, war sie auch . . .?

Ich merkte, daß auch sie mich neugierig von der Seite betrachtete.

»Komm, Veronika, begrüße unseren neuen Gast«, sagte Herr Sebastian.

Veronika drückte mir verlegen die Hand und tauschte einen Blick mit Anton. Der Kapitän brummte vergnügt vor sich hin, nahm den Kerzenleuchter vom Tisch und trug ihn zu einem Klavier, das, mit Notenmappen und losen Blättern beladen, an der Wand stand.

»Judith, sing doch das Lied vom Kind im Walde«, bat er, »das gefällt unserer kleinen Seejungfrau sicherlich.«

Herr Sebastian setzte sich auf den Klavierschemel und begann zu spielen. Es war eine einfache, kleine Melodie, aber sie klang so süß und eindringlich, daß alle stumm wurden und Veronika aufhörte, das Besteck zusammenzusuchen.

Judith sang ein seltsames Lied:

*Es war ein Schloß im tiefen Wald*
*das find' ich nun nicht mehr*
*die Mauern waren feucht und kalt*
*von grünem Efeu schwer.*

*In einem dunklen Fenster stand*
*hoch oben unterm Dach*

*ein Kind, es winkte mit der Hand*
*und sah mir lange nach.*

*Und seine süße Stimme klang*
*und hob sich zu mir her*
*es rief mich leis' und schluchzte bang*
*wie war mein Herz da schwer.*

*Das Schloß, ich finde es nicht mehr*
*nur nachts — bei lauem Wind*
*da schlägt mein Fenster hin und her,*
*und leise weint ein Kind.*

Ich sah Judith an, als sie zu singen aufhörte, dann Herrn Sebastian, den Hund, der zu seinen Füßen lag, Veronika, die Kröte, Anton und Charlotte, ich hielt die Hände vor mein Gesicht und begann zu schluchzen.

»Aber Kindchen, was ist denn?« Charlotte lief auf mich zu und nahm mich in die Arme.

»Ich will nach Hause«, flüsterte ich, »ich will nach Hause zu meiner alten Frau.«

# 4

Es war spät in der Nacht, als es an meine Tür klopfte. Ich fuhr im Bett hoch, mein Herz pochte heftig.

»Ich bin's, Charlotte, Schätzchen, kann ich rein?«

»Ja, warte.«

Ich stand hastig auf, nahm den Stuhl unter der Klinke weg, drehte den Schlüssel um und öffnete die Tür. Charlotte schlüpfte herein.

»Aber, aber«, sagte sie mit einem Blick auf den Stuhl, »niemand tut dir hier etwas, Kindchen.«

Ich antwortete nicht, ging wieder zum Bett und kroch unter die Decken.

»Jetzt werde ich dir alles erklären.«

Sie zog einen Sessel neben mein Bett, ließ sich hineinfallen und legte sich einen breiten, dunklen Schal, den sie um die Schultern getragen hatte, über die Knie.

»Wie bist du hierhergekommen, Charlotte, sag mir, bist du verrückt?«

»Nein!«

»Aber wieso . . .«

»Ich werde dir alles von Anfang an erzählen, hör zu! Es war vor einem Jahr im Sommer, du erinnerst dich vielleicht, es war ein langer und sehr heißer Sommer ... damals ...« Sie seufzte in der Erinnerung und zog ihren Rock ein Stückchen hoch ... »Ich war auf Wanderschaft, wie üblich, als ich in diese Gegend hier kam. Im Dorf hatte ich kein Glück gehabt, alle waren auf den Feldern, nur ein paar Kinder und alte Leute waren zurückgeblieben, mit denen nichts anzufangen war. So trank ich am Dorfbrunnen einen Schluck und ging weiter. Ja, und als ich dann den Weg hier an der Mauer entlangkam, da roch ich den Duft von frisch aufgebrühtem Kaffee. Ach Kind, du kannst es dir nicht vorstellen, wie mir das Wasser im Mund zusammenlief. Aber als ich erst um die Ecke gebogen war und durch das schmiedeeiserne Tor in den großen, schattigen Park spähen konnte ... als ich den gedeckten Tisch unter dem Baum am Teich erblickte, mit Kuchen und Törtchen darauf, die von Sahne und frischen Früchten geradezu überquollen, ja, Kind, da mußte ich mich am Gitter festhalten, um nicht vor Hunger umzufallen. Ich drückte mein verschwitztes Gesicht gegen die Gitterstäbe und fühlte mich in meinem staubigen, alten Kleid wie eine Ausgestoßene vor dem Paradies. Und dann, dann kamen sie«, sie machte eine vage Handbewegung, »... du kennst sie ja jetzt. Sie kamen aus dem schönen, alten Haus, sie gingen an den Rosenrabatten vorbei, ihre langen, weiten Gewänder streiften die Schwertlilien am Rande des Teiches ... und ich dachte, so, Charlotte, jetzt hat's dich erwischt ... das gibt es doch nicht. Jetzt«, sie unterbrach ihre Erinnerungen, »jetzt finde ich es nicht mehr merkwürdig«, sie strich mit der Hand über ihr weinrotes Samtkleid, »aber damals, diese langen, wehenden Kleider aus seidigen Stoffen, die Blüten, die sie im Haar trugen, der dicke Mann in der purpurnen Uniform ... ich hielt mich am Gitter fest und dachte, die Sonne hätte mir das Gehirn verbrannt und ich träumte einen seltsamen Traum. Ich bemerkte die Klingelschnur neben dem Tor, und fast ohne zu wissen, was ich tat, zog ich daran. Von der Kaffeegesellschaft beachtete mich niemand, aber aus dem Haus kam ein großer, magerer Mann, er beschattete seine Augen mit der Hand und sah zum Tor herunter. Langsam kam er auf dem kiesbestreuten Weg zu mir her. Es war Anton ... ja«, sie lächelte, »... und er fragte mich nach meinen Wünschen. Meine Wünsche ... nun, ich sah ihn flehend an und bat um ein Glas Wasser. Aber stell dir meine Verzweiflung vor; er übersah meinen verlangenden Blick zur Kaffeetafel hinüber völlig und sagte: ›Ich werde Ihnen ein Glas Wasser bringen.‹ Drehte sich um und wandelte so gravitätisch zum Haus zurück, als werde er an einem unsichtbaren Faden eingeholt. Alle Hoffnung auf ein Stück Kuchen und Kaffee verließ mich, bis ich bemerkte, wie eine der in Seide gekleideten Gestalten dem Mann etwas zurief. Er blieb einen Moment stehen und gab ihr Antwort, dann verschwand er im Haus.

Die Frau raffte mit beiden Händen ihr Kleid zusammen, und wieselschnell rannte sie den Weg zu mir herunter ans Gitter.

›Wer sind Sie?‹ keuchte sie atemlos.

Ihr Kleid war tief ausgeschnitten und ließ ihre mageren Schlüsselbeine und noch mehr sehen ... ja ... und gepudert war sie, dick gepudert bei der Hitze, aber irgendwie war sie schön, trotz ihrer Magerkeit, und sie schwamm geradezu in einer Wolke von Parfüm.« Charlotte lachte glucksend und wischte sich mit der Hand über die Nase. »Ich sagte ihr, daß ich Horoskope zu verkaufen hätte und daß ich fünf Jahre meines Lebens für ein Stück Kuchen geben würde. Sie hörte mir zu, ohne zu lächeln, und überlegte.

›Er läßt Sie nicht rein‹, sagte sie schließlich und blickte über ihre Schulter zurück, ›aber wir können ihn überlisten, und dann gebe ich Ihnen so viel Kuchen und Kaffee, wie Sie wollen. Fallen Sie einfach in Ohnmacht, wenn er wiederkommt, dann muß er aufschließen.‹

Sie nickte mir zu, und husch — fort war sie, verschwunden zwischen zwei blühenden Rhododendronbüschen.

Der steife Bursche kam aus dem Haus, ein Glas Wasser in der Hand, es wunderte mich, daß er es nicht auf einem silbernen Tablett brachte. Ich wartete, bis er fast da war, dann fiel ich um. Erschrocken stellte er das Wasserglas auf den Boden, ich hörte ihn murmelnd herumkramen, schließlich knarrte der Schlüssel im Schloß, und die Tür öffnete sich.

›Hier, trinken Sie, mein Gott, die arme Frau.‹

Ungeschickt goß er mir Wasser ins Gesicht.

›Anton, Anton, was ist denn?‹

Stimmen kamen näher, Schritte knirschten auf dem Kies.

›Ach, die arme Frau, ist sie tot, Anton?‹

›Anton, hol schnell Herrn Sebastian, er kann ihr helfen‹, hörte ich die Stimme meiner Freundin von vorhin. Am Geräusch, das seine Schritte auf dem Kies machten, merkte ich, daß der

Mann sich in Richtung auf das Haus entfernte.

›Schnell, kommen Sie rein, schnell‹, kicherten und lachten sie durcheinander. Das Ganze schien ihnen einen Heidenspaß zu machen, sie nahmen mich in ihre Mitte, und ich konnte sie nun alle aus der Nähe sehen, den dicken Mann in der Kapitänsuniform, eine plumpe Frau mit einem Krötengesicht, in ein mohnrotes, weites Gewand gehüllt, eine bleiche, üppige Schönheit, angetan mit einem schilfgrünen Seidenkleid, das über und über mit frischen Rosen besteckt war, und meine Freundin, ganz in Weiß, mit einem Blumenhut auf dem Kopf. Sie schleppten mich zu ihrer Kaffeetafel und versteckten mich unter dem bis zum Boden reichenden weißen Tischtuch. Ach, wie erschrak ich, als ich dort noch jemanden vorfand, einen Menschen, der sich aber benahm wie ein Hund, mir einmal kurz und freundlich über die Hand leckte und sich dann wieder über ein Stück Himbeertorte hermachte, das er vor sich auf einem Teller liegen hatte.

Meine Beschützerin ging zum Haus, und ich hörte sie rufen: ›Anton, ihr braucht nicht mehr zu kommen, sie ist fort. Sie ist aufgewacht und schnell fortgelaufen, wahrscheinlich hatte sie Angst.‹

Die kann man bei euch schon kriegen, dachte ich unterm Tisch und warf einen mißtrauischen Blick auf den Hund.

Die Frau war zurückgekommen.

›Mina‹, sagte jetzt eine andere Frauenstimme, langsam und gedehnt, ›ist das nicht gefährlich?‹

›Warum gefährlich‹, hörte ich die Stimme meiner weißgekleideten Wohltäterin, ›eben schließt Anton das Tor wieder ab, sie haben nichts bemerkt. Richtet mir eine Tasse Kaffee und einen großen Teller mit Kuchen.‹

Sie kicherte und tastete unter dem Tisch mit dem Fuß nach mir. ›Kommen Sie hier heraus, nein hier, da kann man Sie vom Haus aus nicht sehen, jetzt kriechen Sie schnell hinter den Busch, so. Und ihr‹, sie wandte sich an die anderen, ›ihr sagt, wenn jemand fragen sollte, ich sei ein bißchen im Park spazierengegangen. Ach, ich habe so Sehnsucht, endlich mal wieder mit jemand anderem zu reden.‹

Ich war inzwischen hinter den Busch geschlüpft, sie nahm den gefüllten Teller und die Tasse vom Tisch, preßte beides gegen ihre Brust und ging mit hocherhobenem Kopf an mir vorbei unter die Bäume. ›Gehen Sie mir nach‹, zischte sie mir im Vorbeigehen zu, und ich folgte ihr, immer von Büschen verdeckt, bis zu einem schattigen, efeubewachsenen Rondell, in dessen Mitte ein kleiner Springbrunnen plätscherte, neben dem ein grünbemooster, aus Stein gehauener Faun lautlos auf seiner Flöte blies.

Sie stellte den Teller und die gefüllte Tasse vorsichtig nieder, setzte sich auf das Steinmäuerchen, das das Rondell umgab, und machte eine einladende Handbewegung. Sie sah mir nachdenklich zu, während ich aß und trank.

›Herr Sebastian sieht und hört alles‹, murmelte sie, ›aber das hat er nicht gesehen.‹

Sie begann zu lachen, preßte aber dann schnell die Hand vor den Mund und ließ nur noch ein kurzes Prusten hören.

›Ich danke Ihnen sehr‹, sagte ich, ›ich fühle mich jetzt wieder wunderbar erfrischt.‹

›Das ist recht‹, sagte sie in gleichgültigem Ton, und, nachdem ich meine Hände im Brunnen gewaschen und gekühlt hatte, bemerkte sie: ›Sie kommen viel herum und haben bestimmt schon von merkwürdigen Dingen gehört . . .‹

Ich nickte. Sie nahm ihren Hut ab und fächelte sich Kühlung zu. ›Aber was ich Ihnen erzählen könnte‹, sagte sie, ›ist so unglaublich, daß Sie bestimmt noch nie etwas Ähnliches gehört haben.‹

Nun, ich war dankbar, satt und zufrieden, und ich sah, daß sie nur zu gern ihre Geschichte erzählen wollte, ich brauchte also nur noch zu sagen: ›... Oh, wirklich, das interessiert mich aber sehr ...‹, und sie legte ihren Hut neben sich, sah mich bedeutungsvoll an und begann zu sprechen ...«

So weit war Charlotte in ihrem Bericht gekommen, als sie leise ächzte und sich bequemer in den Sessel setzte.

»Willst du ins Bett, Charlotte«, fragte ich, »und soll ich auf den Sessel? Wo ist eigentlich Mina? So heißt sie doch?«

»Nein, nein, bleib nur im Bett. Mina? Mina ist vor einem halben Jahr gestorben.«

Charlotte stand auf und trat ans Fenster.

»Dort drüben ist sie begraben, wo sie mir ihre Geschichte erzählt hat, in dem kleinen Rondell.«

Sie wies mit dem Finger in die Dunkelheit hinaus.

»Und was war ihre Geschichte?«

»Ja, ihre Geschichte ...«

Charlotte zeichnete mit dem Finger kleine Kreise auf das Fensterglas.

»Ihre Geschichte, Kind ... Sie war Klavierlehrerin gewesen, in einer kleinen Stadt, weit fort von hier, wo, spielt keine Rolle. Sie lebte allein, keine Eltern mehr, keine Geschwister ... aber sie war tüchtig in ihrem Beruf und beliebt bei ihren Schülern. Da war vor allem einer, der nicht nur des Klavierspiels wegen zu ihr kam, ein junger Arzt, begabt, reich, sehr reich sogar, aber klein und bucklig.«

Charlotte zuckte mit den Schultern.

»Herr Sebastian«, rief ich.

»Ja, Herr Sebastian. Er war sehr verliebt in sie, er bat sie, ihn zu heiraten. Nun, seine schöne, zarte, immer in schimmerndes Weiß gekleidete Klavierlehrerin wies ihn ab. Nicht genug damit, dieser überirdische weiße Engel lachte ihn wegen seines Buckels aus. Sie war einige Jahre älter als er, sie war arm und besaß auch nicht allzuviel Herz, aber er liebte sie, und als er sie an diesem Tag verließ, warf er sein ganzes bisheriges Leben über Bord und beschloß, diese Frau zu zwingen, ihn zu lieben.«

»Das gibt es nicht«, warf ich ein.

Charlotte drehte sich um und setzte sich wieder in den Sessel.

»Warte nur«, sagte sie. »Er kaufte dieses Haus hier, Hunderte von Kilometern entfernt von der kleinen Stadt, in der er gelebt hatte, und richtete es ein. Er hatte einen einzigen

Vertrauten, Anton, diesen ließ er im Haus zurück, damit er für alles sorgte, den Garten in Ordnung brachte und ein Mädchen aus dem Dorf als Hilfe holte ... er selbst aber ging auf Reisen.«

»Auf Reisen?«

»Ja, er besuchte eine Irrenanstalt nach der anderen. Er sprach mit den Ärzten und den Insassen. Er war ein weithin bekannter Nervenarzt, und er erklärte, daß er sich auf das Studium bestimmter Grenzfälle spezialisieren wollte. Er bekam, was er suchte. Du weißt es ja bestimmt auch, es gibt in jeder Irrenanstalt Menschen, die dort so fehl am Platz sind, wie sie es aber auch unter normalen Menschen wären. Sie sind sich ihrer trostlosen Umgebung durchaus bewußt und leiden darunter, während der endgültig Wahnsinnige seine Umgebung kaum jemals so wahrnimmt, wie sie wirklich ist. Er fand nach langem Suchen vier Personen, vier Menschen ohne jeden Anhang, darauf legte er großen Wert, und er brachte sie in dieses Haus.«

»Den Kapitän«, unterbrach ich sie.

»Den Kapitän«, wiederholte sie, »den Hund, Judith und die gute Maria, mit ihrem eigenen Einverständnis nur die Kröte genannt. Er brachte sie hierher, sie gewöhnten sich ein und waren glücklich. Als alles sich schön eingespielt hatte, fuhr er eines Tages mit Anton in die kleine Stadt und entführte seine Klavierlehrerin.«

Ich setzte mich aufrecht ins Bett.

»Er entführte sie?«

»Ja, Anton, den sie nicht kannte, erschien eines Abends bei ihr und bat sie, sie möge doch bitte schnell mit zu einer ihrer Schülerinnen kommen, das Mädchen sei plötzlich erkrankt und verlange nach ihr. Aufs äußerste gerührt, nahm sie noch schnell eine Tafel Schokolade aus dem Schrank, schlüpfte in ihren Mantel, folgte Anton die Treppe hinunter und stieg in den Fond eines altmodischen schwarzen Autos, dessen Tür Anton ihr offenhielt.«

»Und dort?« fragte ich atemlos.

»Dort legte sich ihr eine Hand auf den Mund, und ein paar saphirblaue Augen, an die sie sich nur allzugut erinnerte, blitzten sie so eiskalt und triumphierend an, daß sie, ohne einen Ton von sich zu geben, in Ohnmacht fiel.«

»Oh, Charlotte«, seufzte ich, »wie schön.«

»Ich glaube nicht«, meinte Charlotte nachdenklich, »daß ihr in ihrer kleinen Stadt allzu viele nachgetrauert haben. Sie war den heiratswilligen Männern wahrscheinlich einfach nicht handfest genug. Eine zarte Märchenfee betet man an, aber man heiratet sie nicht. Die Fortsetzung der Geschichte kannst du dir denken. Er brachte sie hierher. Am Anfang weinte sie von morgens bis abends und von abends bis morgens, aber er war so gütig, so rücksichtsvoll, er wurde von allen hier bewundert, er war so viel größer als der Hund, so viel feiner und vornehmer als der Kapitän, so viel geistreicher und charmanter als die schweigsame Judith — und die Kröte, na, neben der Kröte war er direkt eine Schönheit. Außerdem«, Charlotte wurde plötzlich ernst, »außerdem ist er wirklich schön.«

»Das mag sein«, sagte ich zögernd und dachte daran, daß Menschen, die im allgemeinen als besonders häßlich angesehen werden, manchmal eine merkwürdige Ausstrahlung haben, die andere in ihren Bann zieht und sie die Häßlichkeit vergessen läßt.

Nach einer langen Pause fuhr Charlotte fort: »Sie begann ihn zu lieben, und sie war so erfüllt von ihrer Liebesgeschichte, daß sie sie unbedingt jemandem erzählen mußte. Es war mein Pech, daß gerade ich ihr in die Finger geraten war.«

»Warum Pech, Charlotte?«

»Na, als sie die Geschichte endlich los war,

wurde mir plötzlich klar, daß mir hier der Boden unter den Füßen brannte. Liebe hin, Liebe her, was ihr Herr Sebastian da gemacht hatte, war, schlicht gesagt, kriminell, und es wäre ihm bestimmt nicht recht gewesen, wenn eine Landstreicherin mit seiner seltsamen Liebesgeschichte von Dorf zu Dorf gezogen wäre.«

»Ja, da hast du recht.«

»Ich sagte ihr also, ihre Liebe wäre einmalig und etwas Wunderbares, und wie ich bitte wieder aus dem Garten kommen könnte, ich müßte dringend weiter.

›Um Himmels willen, ja‹, rief sie, ›wie kriege ich Sie nur wieder hinaus? Das habe ich mir nicht überlegt, durch das Tor geht es unmöglich, ich kann Anton nicht noch einmal . . .‹

Sie dachte angestrengt nach.

›Vielleicht‹, erklärte sie dann mit aufleuchtenden Augen, ›vielleicht kommen Sie irgendwie über die Mauer.‹ Die Mauer ist sehr hoch, das weißt du ja, und wir schleppten Steine von der Umfassung des Rondells an ihren Fuß und türmten sie aufeinander. Wir waren gerade so schön mittendrin im Arbeiten, als eine leise Stimme hinter uns leichthin sagte: ›Wozu die Anstrengung, Mina, ich glaube, ich muß die Dame bitten, für unbestimmte Zeit unser Gast zu sein.‹«

## 5

Am nächsten Morgen ging ich die Treppe hinunter, um Charlotte zu suchen. Ich fand sie in einer Ecke des großen Zimmers, in dem wir am vorhergehenden Abend alle beisammen gewesen waren. Sie saß bequem zurückgelehnt auf einem kleinen Sofa, neben ihr hockte, in feierlichem Schweigen erstarrt, die Kröte. Beide tranken grünen Likör, Charlotte schwätzte eifrig und schenkte ebenso eifrig nach, die Kröte dagegen drehte bedächtig ihr Glas zwischen den Fingern und hob es nur ab und zu mit einem kurzen Ruck an den Mund, um es auf einmal zu leeren.

Ich sah den beiden sehr lange nachdenklich zu, bis Charlotte mich endlich bemerkte. Sie winkte mir und deutete auf den leeren Sessel an ihrer Seite. Ich ging langsam durch den dämmerigen Raum auf sie zu. Die Kröte hob ihre schweren Lider, warf mir einen hellwachen Blick zu und senkte sie sofort wieder. Charlotte kicherte, schon leicht beschwipst, und hielt mir auffordernd ihr gefülltes Glas entgegen.

»Danke, nein, Charlotte«, sagte ich, »ich mag nicht.«

»Das ist aber ein Fehler, Kindchen, dieses

Mausoleum hier ist einfach nicht richtig warmzukriegen. Dagegen muß man von innen her anheizen, hab' ich recht?«

Sie stieß der Kröte ihren Ellbogen in die Seite und gackerte leise vor sich hin.

»Charlotte«, ich spürte, wie meine Stimme einen flehenden Unterton bekam.

»Ja, Kindchen?«

»Charlotte, ich habe doch hier nur dich...«

»Himmel, Kindchen, das habe ich ganz vergessen, du mußt ja Hunger haben. Weißt du, wir machen uns tagsüber immer irgend etwas zurecht, worauf wir gerade Lust haben. Wir essen erst abends alle zusammen. Komm, setz dich, ich hol dir was, wir haben alles da.«

Ich hatte keinen Hunger, aber sie war schon hinausgerannt, bevor ich es ihr sagen konnte. Ich setzte mich und blickte auf meine Hände. Es war so still im Raum, daß ich die Kröte atmen hörte. Ich sah sie an.

»Finden Sie denn wirklich nichts dabei, daß ich für immer hierbleiben soll?«

»Ich? Nein!« sagte sie.

»Warum sind Sie denn hier? Ich kann mir eigentlich nicht vorstellen, daß... verzeihen Sie, wenn Sie mir nichts sagen wollen...«

»Wenn ich nicht will, brauche ich Ihnen

nichts zu erzählen, ich weiß«, erwiderte die Kröte gleichmütig. »Sehen Sie«, sie drehte ihren Kopf hin und her, »wie erschreckend häßlich ich bin. So häßlich, daß die Leute auf der Straße mich ihren Kindern zeigten. Ich hatte Angst, ununterbrochen Angst. Jeder neue Tag war für mich so hell und scharf wie eine Glasscherbe, jeden neuen Tag schnitt ich mich blutig an Blicken, Gesten, höhnischen Worten. Niemals werden Sie begreifen können, wie sehr ich gelitten habe.«

Sie schwieg und sah mich schwer atmend aus großen, runden Augen an. Wir waren allein in diesem Zwielicht, das den unaufgeräumten Raum seltsam unwirklich machte. In der Luft hing der Geruch der Rosen, die immer noch in ihrer Schale auf dem Tisch standen, es haftete ihm schon ein leichter Hauch von Fäulnis an.

Die Kröte hatte ihre Hände über das Gesicht gelegt und sprach durch die gespreizten Finger hindurch.

»Es gab einen Menschen, einen Menschen, der mich mochte, der mich nicht häßlich fand. Es war die Wirtin einer kleinen Kneipe, oder war es ein Café, ich weiß es nicht ... sie hieß Lili, ich hatte mich eines Abends dorthin geflüchtet, ich war aus einem Kino gerannt, wo ein großer und täppischer Bursche sich einen Spaß daraus gemacht hatte, mich zu verhöhnen, ich war die Treppe des Kinos hinuntergerannt, mir war es, als krümmte sich das Geländer unter meiner Hand, ich taumelte in Lilis Kneipe, sie saß allein, im rauchigen Licht, hinter der Theke, sie sah mich an und nickte. ›Komm her‹, sagte sie.

Ich sank vor ihr in die Knie und legte meinen Kopf in ihren Schoß, ich begann zu weinen. Alle Angst floß aus mir heraus, kein Mantel hätte wärmer sein können als diese Flut von Tränen. Ich war noch einmal davongekommen. Von dieser Zeit an ging ich immer zu ihr, und ich wußte, wenn sie einmal nicht mehr da sein würde, dann war ich verloren.«

Die Kröte schwieg.

»Und eines Abends war sie nicht mehr da«, sagte ich leise.

»Eines Abends war sie nicht mehr da. Ich begann zu schreien. Mein Schrei wurde lauter und immer lauter, bis er den ganzen Himmel ausfüllte, dann fiel er über mich wie ein schwarzes Tuch und erstickte mich.«

Ich stand auf und trat ans Fenster. Lange stand ich so und sah hinaus. Hinter mir war kein Geräusch zu hören. Endlich sagte ich:

»Ich verstehe gut, daß Sie hier glücklich sind, aber was soll ich hier?«

»Auch Sie sind anders. Es ist nicht immer das Äußere, das eine bestimmte Sorte Menschen auf uns loshacken läßt. Sie versuchen alles zu zerstören, was ihnen fremd ist. Sie sind eine kleine Mondbürgerin, bleiben Sie hier, Sie werden glücklich sein.«

Ich sah aus dem Fenster und dachte an Mina. Vielleicht war sie oft so, wie ich jetzt, hier gestanden und war mit ihren Augen dem weißen Kiesweg gefolgt. Ob es ihr wohl immer bewußt gewesen war, daß am Ende dieses Weges ein Tor war, das sich nie mehr für sie öffnete?

Ich zuckte mit den Schultern und drehte mich um.

»Und Judith, was war mit Judith?«

»Sie fand ihren Bräutigam eines Nachts erhängt im Wald. Er war von unzähligen Spinnwebfäden überzogen, es sah aus, als wäre er in einem riesigen silbernen Netz gefangen. Sie hat nicht geschrien, sie fing an zu singen, aber im Grunde war es dasselbe. Herr Sebastian hat ihr geholfen, wie er uns allen geholfen hat.«

»Auch dem Kapitän?«

»Ja, der Kapitän«, die Kröte lachte leise, »er kennt das Meer nur von Ansichtskarten. Er ist ein Kind geblieben, ein phantasievolles, gutherziges Kind, aber wenn Herr Sebastian ihn nicht zu sich geholt hätte, wer weiß, was dann aus ihm geworden wäre.«

»Und der Hund?«

»Was ist mit dem Hund?«

Charlotte kam ins Zimmer gesegelt, sie balancierte ein vollbeladenes Tablett auf den Händen.

»Er ist eben ein Hund, und hier bei uns zwingt ihn niemand, aufrecht zu gehen oder mit Messer und Gabel zu essen. Er kann hier besser wie ein Hund leben als mancher wirkliche Hund«, lachte sie.

Sie setzte das Tablett auf ein kleines Tischchen, das vor dem Sofa stand, und sah mich erwartungsvoll an.

»Schau mal, was ich alles für dich habe, selbst der Kaiser von China könnte nicht besser frühstücken.«

»Ich habe keinen Hunger, Charlotte.«

Sie war so enttäuscht, daß ihre Unterlippe zu zittern anfing. Ich fürchtete, sie würde weinen.

»Oh, Charlotte«, sagte ich, »verstehst du denn nicht? Ich war glücklich, ich brauche euch nicht. Ich war glücklich bei deiner Schwester, meiner lieben alten Frau, wir haben keinen Park, aber im Sommer haben wir Geranien vor dem Fenster, es riecht bei uns nicht nach Rosen, sondern nach Kohl und Fisch, niemand spielt Klavier, aber die Kinder im Hof singen: Eins, zwei, drei, wer hat den Ball, vier, fünf, sechs, wer . . .«

Ich begann zu singen und hörte mit zittriger Stimme wieder auf. Herr Sebastian lehnte schweigend mit weißem Gesicht an der Tür und sah mich an.

Als er zu sprechen begann, war es totenstill im Raum.

»Also gut, geh zu deiner alten Frau und zu deinem normalen Leben zurück, aber dies hier wäre die Luft gewesen, in der du atmen kannst, hier wärst du immer freier und glücklicher geworden. Aber geh nur, so geh doch endlich, ich will dich nicht mehr sehen.«

Charlotte und die Kröte rührten sich nicht. Aber als von Charlottes kunstvoll aufgebautem Frühstückstablett ein Brötchen abrutschte und auf den Tisch kollerte, hörte ich, wie sie leise zu schluchzen begann.

Ich ging auf die Tür zu und blieb vor Herrn Sebastian stehen. Er hatte die Arme über der

Brust verschränkt und die Augen gesenkt. Als ich nicht weiterging, hob er den Blick und sah mich lange und ruhig an.

Ich sah mich in einem grünen Seidenkleid mit ihm auf einer Waldwiese tanzen. Ich sah purpurn schimmernde Lampions und Holztische, mit Lachen roten, verschütteten Weines darauf. Ich hörte Musik und atmete den Duft einer Sommernacht. Ich sah eine fremde, schillernde, berauschende Welt, die ich nun nie kennenlernen würde.

Er lächelte leise und berührte mich am Arm. Ich zuckte zusammen und ging hinaus, aber erst, als ich schon auf den Stufen vor dem Haus war, erreichte mich seine Stimme noch einmal, und ich stand wie erstarrt, als er rief: »Ophelia!«

»Ophelia«, manchmal erwachte ich aus einem Traum, und die Bilder, die ich gesehen hatte, die für kurze Zeit blieben, atmeten noch in mir, wie Bilder aus einem früheren Leben, von dem ich glaubte, daß die Erinnerung daran in mir verschüttet war und nur in nächtlichen Träumen manchmal emporstieg. Sah ich nachts in der Ferne kleine, gelbe Kellerfenster durch Gestrüpp leuchten und hörte das Bellen von Hunden, so fragte ich mich, waren es nicht Wölfe, die da heulten, oder Menschen, die schrien, aber nie ging ich näher, und Träume und Schreie versanken in ihrer Tiefe, als ob es sie nie gegeben hätte.

Dieses Wort, das Herr Sebastian gerufen hatte, dieser Name hielt mich wie gelähmt auf der Treppe fest, und ich leistete keinen Widerstand, als er herauskam und mich am Arm, an der erschreckten Kröte und Charlotte vorbei, die dastanden wie Kinder, vor denen ein unverständliches Spiel gespielt wird, hinauf in sein Zimmer führte. Er war blaß und lächelte nicht mehr, als er mich neben sich auf sein Sofa zog, er hielt die Hände vor die Augen und den Kopf gesenkt, und ich hörte ihn schwer atmen.

Es kam mir endlos lange vor, bis er die Hände sinken ließ und mich ansah. Ich sah in sein Gesicht, und er flüsterte:

»Wie damals, genau wie damals ... Ophelia, erinnerst du dich nicht an Wilhelm Lamin?«

Der Name kam aus der unergründlichen Tiefe meiner verschütteten Erinnerungen empor ... ein bleich schimmerndes Gesicht in einem fast dunklen Zimmer, eine Gestalt, neben mir auf einem Sofa ..., meine Lippen zitterten.

»Ophelia«, flüsterte Herr Sebastian drängend, »das Haus, das Haus an der Schleuse, du erinnerst dich?«

»Das Haus, in dem man mich gefunden hat?«

»Das Haus, in dem du mich gesucht hast.«

»Sie gesucht?«

»... nachdem du Roberta die Treppen hinuntergestürzt hast.«

»Ich habe... habe jemanden die Treppen hinuntergestürzt?«

»Ich werde dir alles sagen, ich will, daß du bei mir bleibst, du mußt bei mir bleiben, ich liebe dich... hab keine Angst...«, er streckte seine Hand nach mir aus, denn ich rückte von ihm weg, so weit ich konnte, »... hab keine Angst, du bist unschuldig an allem, was geschehen ist, schuld bin nur ich allein, vielleicht auch Wilhelm Lamin, ohne daß er etwas dazu getan hätte, ja, auch Wilhelm Lamin, mein Großvater, denn er hatte in dem kleinen Haus an der Schleuse gelebt, er hat dort sechs Frauen getötet und ins Wasser geworfen, bis er endlich entdeckt und hingerichtet wurde. Was damals niemand erfuhr, er hatte einen Sohn, den er schon als kleines Kind, nach dem Tod der Mutter, in fremde Hände gegeben hatte. Dieser Sohn verließ nach der Hinrichtung seines Vaters das Land, nahm einen anderen Namen an, heiratete, brachte es zu viel Geld und kehrte wieder zurück, mit mir, seinem Sohn, der dem Mörder

Wilhelm Lamin nicht nur dadurch ähnlich war, daß er einen Buckel hatte, sondern ihm auch sonst glich wie einem Zwillingsbruder. Ob ihn mein Anblick immer wieder an meinen Großvater erinnerte, ich weiß es nicht, jedenfalls beging mein Vater den verhängnisvollen Fehler, mir von Wilhelm Lamin zu erzählen, mich zu warnen, mich zu beschwören, niemals einer Verlockung nachzugeben, die mich demselben Wahnsinn entgegentreiben könnte. Er hätte nichts Falscheres tun können, ich versuchte alles über den Mörder in Erfahrung zu bringen, ich stöberte in alten Archiven, las vergilbte Briefe, wechselte mein Studium, es reizte mich nicht mehr, Jurist zu werden, ich beschloß, Medizin zu studieren und Nervenarzt zu werden, denn ich glaubte, je tiefer ich in die Geheimnisse der menschlichen Seele eindringen könnte, desto eher könnte ich auch Wilhelm Lamin verstehen und mich vor einem ähnlichen Schicksal bewahren.

Schließlich fand ich das Haus an der Schleuse. Es war unversehrt, niemand wollte darin wohnen, denn angeblich spukte der Geist des Mörders dort. Es ist ein kleines, efeuüberwachsenes Haus, das trübe Wasser fließt vorbei; über die Schleuse, die schon lange nicht mehr benutzt wird, führt eine schmale, morsche Holzbrücke, die fast vor der Haustür endet. Drinnen ist es staubig, dunkel, Ratten und Mäuse waren die einzigen, die das Haus mit Leben erfüllten. Ich ging Nacht für Nacht dorthin, saß auf dem Sofa und grübelte, ich lauschte auf das Wasser und betrachtete in dem schwachen Laternenschein, der durch die Ritzen der geschlossenen Fensterläden sickerte, meine Hände... waren es Mörderhände? Verspürte auch ich Lust zu töten? Was mußte das für ein Gefühl sein, einen sich windenden und aufbäumenden Körper niederzuzwingen und zum Verstummen zu bringen? Mich schauderte bei diesen Gedanken, und du kannst dir mein Grauen vorstellen, als eines Nachts leichte Schritte die Treppe heraufkamen, die Tür sich knarrend öffnete und ein Mädchen, noch ein Kind, auf der Schwelle stand und in das düstere Zimmer spähte. Das warst du.«

Er sah mich an, und seine Augen leuchteten.

»Vielleicht wäre alles noch anders gekommen«, fuhr er fort, »wenn du geschrien hättest oder fortgelaufen wärst, oder wenn du wenigstens nicht diesen Namen genannt hättest. Aber du..., du kamst, als du mich auf dem Sofa sitzen sahst, langsam auf mich zu, und in deiner

Stimme war keine Spur von Angst, als du sagtest:

›Also doch, Sie kommen also doch immer wieder hierher, Wilhelm Lamin.‹

Da kam es wie ein Rausch über mich, ja, ich war Wilhelm Lamin, ich hatte seinen Buckel, seine Augen und seine Hände, aber ich wollte dich nicht töten. Ich weiß nicht warum, ich zog dich neben mich und erzählte dem Kind, das mich mit großen, ruhigen Augen ansah, von den sechs Frauen, die er, aber ich sagte ›ich‹, getötet hatte. Ich erzählte ihm Nacht für Nacht, denn es kam immer wieder, grauenhafte Szenen und blutige Einzelheiten, schmückte sie aus mit einer Phantasie, die sich mit Grauen und Angst vollgesogen hatte und die jetzt alles wieder von sich gab, in dieses stumme fremde Kind hineinfließen ließ, das mir atemlos lauschte, sich an mich schmiegte und, wenn ich schwieg, flüsterte: › . . . weiter, oh, erzähl doch weiter . . .‹, und je länger dies dauerte, desto besser fühlte ich mich, mein Kopf wurde immer klarer, die Angst, auch zum Mörder zu werden, verließ mich, und am Schluß fiel es mir fast schwer, den Geist zu spielen, der sie jeden Abend, wenn ihre Eltern schliefen, aus dem Haus schleichen ließ. Sie wohnte nicht sehr weit weg, ihr Vater besaß ein großes Mietshaus am Fluß, und sie liebte es, nachts umherzustreifen, sie liebte Geister, und ich dachte manchmal, wenn sie meine Tochter gewesen wäre, ich hätte sie tüchtig durchgeschüttelt und aus ihren wirren und trügerischen Träumen befreit, wahrscheinlich las sie zuviel und war zu oft allein, aber was ging mich im Grund dieses Kind oder dieses Mädchen von dreizehn oder vierzehn Jahren an... Eines Nachts blieb sie aus, und ich war sogar froh darüber, denn ich fühlte mich geheilt. Ich betrat das Haus an der Schleuse nicht mehr, verließ die Stadt, um woanders fertigzustudieren, eröffnete eine Praxis und lernte Mina kennen.«

Herr Sebastian machte eine vage Handbewegung und sah auf den Fußboden.

»Wenn ich gewußt hätte, wenn ich nur im geringsten geahnt hätte, was ich angerichtet hatte, wozu ich dieses Kind getrieben hatte...«

Er wandte sich zu mir und berührte mich sanft an der Schulter.

»Ich werde es wiedergutmachen, Ophelia, glaub mir.«

»Ich bin nicht Ophelia«, sagte ich, »nennen Sie mich nicht immer Ophelia, ich weiß nicht, was Sie meinen.«

»Doch«, sagte er traurig, »du bist Ophelia, ich habe dich wiedererkannt. Vor etwas mehr als einem Jahr«, fuhr er fort, »als Mina noch lebte, kam Charlotte zu uns, wie und auf welche Weise hat sie dir sicher erzählt. Eines Abends nun, wir saßen alle beisammen und unterhielten uns über merkwürdige Erlebnisse, oh, ich weiß es noch genau«, er preßte die Hand an die Stirn, »es war ein nebliger Tag gewesen wie heute, und die Krähen schrien draußen in den Bäumen, an diesem Abend berichtete uns Charlotte von dem seltsamen Mädchen, das ihre Schwester zu sich genommen und das man in dem verlassenen Haus an der Schleuse gefunden hatte. Es traf mich wie ein Hieb, und es ließ mir keine Ruhe mehr, plötzlich war alles wieder gegenwärtig, die kleine, schmale Gestalt, die sich an mich geschmiegt und mir so gierig zugehört hatte, das dumpfe Plätschern des Wassers draußen vor den Fensterläden, das schwache Piepsen der Mäuse ... was war mit dem Mädchen geschehen? Warum war sie dorthin gekommen, nach all den Jahren? Hatte sie mich gesucht, oder gab es einen anderen Grund? Ich verließ Mina und meine Freunde hier und fuhr in die Stadt, in der Charlottes Schwester lebte. Ich stand eines Abends im

Schatten der Kirche, die dem Laden gegenüberliegt, in dem du arbeitest. Ich sah dich hinter den erleuchteten Fensterscheiben hin- und hergehen, ich sah dich ein Bild zurechtrücken, in einer Schublade etwas ordnen, aber ich wagte es nicht, den Laden zu betreten. Ich mußte nicht lange warten, ich sah dich herauskommen, die Tür abschließen, du überquertest die Straße und kamst auf das Kirchenportal zu. Ich drückte mich in eine Nische, und dann war dein Gesicht ganz nah, du warst es, dasselbe helle Gesicht, nur ein paar Jahre älter, aber es lag eine Abwesenheit und Traurigkeit darüber, als wärest du verloren in irgendeinem Traum. Ich folgte dir heimlich, und ich fragte mich, wie ich dich jemals hatte vergessen können, ich wußte plötzlich mit aller Heftigkeit, daß ich dich liebte, und obwohl Mina damals noch lebte, wußte ich, daß ich dich zu mir holen würde.«

Er unterbrach sich und sah mich wieder an. »Es mag dir merkwürdig vorkommen, daß ich meiner Sache so sicher war. Ich weiß, ich bin klein und bucklig, aber man sagt mir eine geheimnisvolle Macht über Menschen nach, liegt sie in meinem Blick oder in meiner Stimme, du wirst es mir einmal sagen.« Er lächelte.

»Ich folgte dir an jenem Abend, ich sah dich

in diese riesige Mietskaserne gehen, und als der dunkle Torbogen dich verschluckt hatte, glaubte ich ersticken zu müssen, so sehr hatte ich Sehnsucht danach, dich in meine Arme zu nehmen. Ich habe Mina auch geliebt, aber bei dir war es anders, es war, als hätte ich ein Stück von mir endlich wiedergefunden. Aber so sehr es mich auch zu dir zog, ich beschloß, dir fern zu bleiben, bis ich alles über dein Schicksal in Erfahrung gebracht hatte. Es wird schwer für dich sein, es zu hören, aber ich muß es dir sagen, damit du bei mir bleibst, damit du mir vertraust, damit du weißt, daß ich allein dich beschützen kann.«

»Beschützen vor wem?« fragte ich.

»Vor dir«, antwortete er leise.

Ich stand auf und stieß dabei an den kleinen Tisch, der vor dem Sofa stand, die Schale mit Äpfeln begann zu rutschen, er hielt sie auf.

»Setz dich«, sagte er ruhig.

»Was habe ich getan?« rief ich, »jemanden die Treppe hinuntergestürzt, was noch? Was denn noch? Habe ich meinen Vater erwürgt, meine Mutter erstochen . . .«

»Nicht erstochen«, sagte er zögernd, »du hast sie in den Fluß hinausgelockt und dort ertrinken lassen.«

»Das ist nicht wahr«, murmelte ich fassungslos, »das ist nicht wahr, ich müßte es doch wissen, es kann einfach nicht alles fort sein.« Ich spürte, daß ich die Tränen nicht mehr zurückhalten konnte, ich preßte den Arm vor meine Augen und biß mir auf die Lippen.

»Hör es dir an«, sagte er, »wie den Bericht über einen Menschen, mit dem du nichts zu tun hast. Es ist Ophelias Geschichte, nicht die deine, sei ruhig und hör mir zu. Ist es nicht besser, du weißt endlich, was mit dir geschehen ist, als immer in Unwissenheit zu leben, so, als wärest du erst vor zwei Jahren auf die Welt gekommen?«

Seine Stimme übte den alten Zauber auf mich aus. Ich ging zu einer Fensternische und kauerte mich dort in einen Lehnstuhl, die schweren roten Vorhänge waren zurückgezogen, und ich konnte, schwarz vor Grau, das ineinander verflochtene Geäst der Zweige im Nebel sehen.

»Ophelias Geschichte«, begann er, »bedurfte vieler Nachforschungen. Erst war ich in dem alten Haus am Fluß, in dem ich ihren Vater traf. Ein riesiges, leeres Haus, in dem er ganz unten hauste, ein mürrischer, griesgrämiger, alter Mann, dessen Verstand, so schien es mir jedenfalls, gelitten hatte. Er ließ mich ein, er führte mich in eine große, hallende Küche, Schaben huschten über den gekachelten Boden, als wir eintraten, Spinnweben zogen sich über die Schränke.

Dieser alte Mann erzählte mir, was er wußte, es war nicht sehr viel, obwohl ich glaube, daß er mir nichts verschwiegen hat, denn er war einmal vertrauensvoll wie ein kleines Kind, redete ununterbrochen, verfiel aber dann ebenso plötzlich wieder in ein Schweigen, aus dem ich ihn nur mühsam wieder hervorlocken konnte. Ophelia war seine Tochter, sie hatte seine Frau ins Wasser gelockt und dort ertrinken lassen, wie sie ihm ohne jeden Anflug von Reue selbst erzählt hatte. Er hatte daraufhin das schon immer schwierige und seltsame Kind in ein Zimmer unterm Dach eingesperrt, hatte alle Mieter aus dem Haus vertrieben, und das muß ihm nicht allzu schwer gefallen sein, denn sein mürrisches Wesen und das eingeschlossene Mädchen unterm Dach, das an warmen Sommerabenden rätselhafte Lieder auf dem kleinen Balkon vor ihrem Zimmer sang, waren den Leuten unheimlich. Er hatte niemanden bei sich behalten als Roberta, ein Dienstmädchen, das schweigsam und ohne viel zu fragen seine Arbeit tat, bis, ja bis eine neue Person das gespenstische Haus betrat: Adele, die er erst für Robertas Tante und eine Köchin hielt, was sie aber beides nicht war, denn er hatte, als sie wieder verschwunden war, in ihrem Zimmer zwischen den zurückgelassenen Kleidern einen Brief gefunden, der ihm neue Rätsel aufgab, die er aber nie mehr lösen würde oder wollte, denn an dem Tag, an dem diese falsche Köchin verschwunden war, war auch Ophelia entflohen, und Roberta lag tot in ihrem Zimmer auf dem Bett. Der alte Mann wußte nicht, was geschehen war, aber er hatte noch den Brief, einen Brief mit einer verblaßten Adresse darauf, und es war gut, daß er ihn noch hatte, denn dieser Brief war der Schlüssel zu allem, er führte mich zu Adele, Wilma und Nellie, er führte mich zu Arthur, er war der Anstoß und der Anfang, und jetzt sollst du wirklich erfahren, wie es war, was geschah, warum es geschah, und du sollst wissen, wie es möglich war, daß man dich auf dem Sofa in dem Haus an der Schleuse fand, ohne jede Erinnerung . . .«

# 6

Es begann an einem heißen Sommernachmittag vor mehr als zwei Jahren, als ein Briefträger eine stille Vorortstraße hinuntering, um in Madame Adeles Haus einen Brief abzugeben. Im Garten war es kühler als auf der Straße, aber trotzdem traten dem Briefträger Schweißperlen auf die Stirn, als er das Gartentürchen hinter sich schloß und auf dem schmalen, gepflasterten Weg auf das Haus zuging. Er legte den Brief an der Türschwelle nieder und trat den Rückzug an. Es war ihm heiß, aber er schob es nicht nur auf das Wetter — dreißig Grad im Schatten, und das schon im Juni —, sondern er hatte auch eine nur schwer zu erklärende Furcht vor Madame Adele, die er zwar noch nie gesehen hatte, über die aber die merkwürdigsten Gerüchte umliefen.

So gut wie niemand bekam sie je zu Gesicht, sie lebte sehr zurückgezogen. Ihr Sohn Arthur, ein ihr treu ergebenes altes Mädchen, eine exzentrische und immer phantastisch aufgeputzte Ruine von Freundin, die sich regelmäßig wie ein Uhrwerk zum Fünfuhrtee bei ihr einfand, das waren die einzigen Personen, deren Gesellschaft ihr angenehm war. Weder haßte sie noch liebte sie die übrige Menschheit, so verkündete sie gerade mit dröhnender Baßstimme ihrer Freundin hinten im Garten, »... aber sie interessieren mich nicht, verstehst du. Nicht im geringsten. Sie können tun und lassen, was sie wollen, diese Leute«, sie schnalzte geringschätzig mit der Zunge, »Hauptsache, sie lassen mich in Ruhe.«

Ihre Stimme sank zu einem schnaufenden Geflüster herab. »Wenn George noch leben würde, dann vielleicht ...«

Sie wandte die schweren, feuchten Augen von der Freundin ab und sah nach oben in die Bäume.

»George war mein Gott, du weißt es, ein Mann wie ein Felsen, ein indischer Gott.«

Die Freundin nickte mitfühlend und schob sich das vierte Cremetörtchen auf den Teller. Sie wußte, daß Madame auch ohne George gut auskam. Sie war eine mächtige Persönlichkeit — zweifelsohne —, und George war ebenfalls eine gewesen. Zwei Planeten, die eine Zeitlang nebeneinander hergezogen waren, zwei Fürsten, die ein Bündnis geschlossen hatten.

Während ihr die Creme angenehm auf der Zunge verlief, dachte sie sich noch andere Vergleiche aus.

›... zwei Adler ..., nein, dazu war Madame Adele zu fett, aber vielleicht zwei Elefanten, zwei riesige, einsame Elefanten im Dschungel. Ja, das war es.‹

Sie stieß ein träumerisches »Ah« aus und schloß die Augen. Grünes Dämmerlicht unter hohen Bäumen, feuchte, heiße Luft und manchmal zwischen den Baumlücken ein flirrendes, grelles Licht — ein Stück Himmel. Der Elefant Adele und der Elefant George, riesige, königliche Tiere, die über den sumpfigen Boden trabten, geheimnisvoll und exotisch.

Sie öffnete die Augen wieder und betrachtete Madame Adele, die in einem Korbsessel von ungeheuren Ausmaßen lehnte und ausdünstete, wie sie es zu nennen pflegte, wenn sie nach dem Tee ihr Kleid bis zu dem Ansatz der schweren, weißen Brüste aufgeknöpft hatte und ihren Rock so weit hochzog, daß man im Halbdunkel unter den bunten, bestickten Stoffen die mächtigen Schenkel zu erspähen glaubte.

Aber Adeles Gesicht, das auf den zwei Kinnen ruhte wie auf kleinen Kissen, war unbestreitbar schön — ›als sie nicht so dick war, in ihrer Jugend vielleicht‹, so dachte die Freundin, ›muß sie die Männer verrückt gemacht haben. Diese Augen, dunkel, samtig glänzend, schwarzer Honig mit Bernsteinspritzern, ja, das kommt ungefähr hin, sehr schöne Augen, gegen mein verwaschenes Blau, aber ich bin nicht dick, das ist auch viel wert — man fühlt sich besser. Aber was gäbe ich nicht alles für diese Haut, glatt und leicht gelblich getönt, diese kleine, zart gebogene Nase und diesen weichen, schön geschwungenen Mund. Manchmal fühle ich mich ihr gegenüber wie eine Mumie, dabei ist sie, warte mal, ja, sie ist sogar zwei Jahre älter als ich, unglaublich.‹

Einen Augenblick starrte sie neiderfüllt dieses Gesicht an, über das die Schatten der Blätter tanzten, als ein schwacher Windstoß durch die Kronen der Bäume über ihnen fuhr.

»Im Moment haßt du mich, Nellie«, bemerkte Madame Adele gleichgültig, »nein, ich spüre es, du brauchst nicht abzuwehren, aber das geht vorbei, meine Liebe.«

Sie beugte sich vor und legte ihre mit vielen Ringen beladene Hand auf die auch im heißesten Sommer immer kalten Hände ihrer Freundin.

»Wir brauchen niemanden außer uns selbst, was soll also dieses Abschätzen? Hör endlich auf zu denken. Leg dich zurück, laß den Wind über dein Gesicht fächeln, schnuppere den

Blumenduft und den Duft des Kaninchenbratens, den Wilma schon für heute abend in die Röhre geschoben hat, und laß dich endlich gehen. Wir sind alt und haben das Recht dazu.«

Als Wilma wenig später hinauskam, um das Teetischchen abzuräumen, fand sie beide schlafend. Adele, aufgelöst, mit gespreizten Beinen im Sessel liegend, Nellie zusammengekauert, von Schals, Tüchern und Blumenhut umschnürt und bedeckt.

»Eine dreimal geknickte Vogelscheuche«, schnaubte Wilma laut und verächtlich und trat mit dem Fuß an Nellies Korbstuhl. Nellie piepste im Schlaf erschrocken auf und kroch noch mehr in sich zusammen.

»Wilma!«

Zwischen Madame Adeles Lidern öffnete sich ein schmaler Spalt, der glänzte wie schwarzes Öl.

»In Ordnung, Madame«, Wilma stellte die Teller auf das Tablett und knallte die zwei Tassen obendrauf.

»Sagt sie jemals etwas Nettes über meine Törtchen, über mein Ragout, meine Omeletts, meine Creme, meine ..., ach, ich weiß nicht was? Aber essen, essen tut sie, als ob sie den ganzen Tag sonst nichts in sich 'reinkriegte.«

Und Madame Adele, die sehr gut wußte, daß Nellie sonst den ganzen Tag so gut wie nichts in sich 'reinkriegte — wie Wilma es auszudrükken beliebte —, hielt es für viel zu anstrengend, sich mit Wilma wieder einmal in lange Diskussionen einzulassen, schnaufte nur noch einmal kurz und drohend »Wilma« und schloß wieder die Augen.

# 7

Manchmal war Arthur monatelang verschwunden, und Madame regte sich nicht darüber auf. Eines Tages war er wieder da, ein bißchen magerer vielleicht, aber sonst ganz der alte. Er stöberte als erstes seine Mutter auf, gab ihr einen Kuß auf die Wange und verfügte sich dann zu Wilma in die Küche, wo er ein paar Stunden am Küchentisch sitzen blieb, aß und trank und Wilma mit den Augen folgte, wie sie geschäftig hin und her ging, Teig rührte, auf dem Herd etwas zusammenbraute, Gläser mit Eingemachtem aufmachte und Kaffee durch die Mühle drehte. Er hegte eine Art von stiller Bewunderung für Wilma, weil sie von morgens bis spät in die Nacht hinein arbeitete, gern arbeitete, er konnte es nicht begreifen, aber er sah ihr mit großer Hochachtung zu; allerdings, ohne jemals auch nur auf den Gedanken zu kommen, ihr irgendeine Hilfe, und sei sie noch so gering, anzubieten.

Aber nicht einmal Wilma erzählte er viel von seinen Abenteuern, wenn er wieder da war. Er brachte ihr ab und zu etwas mit, seltsame und meistens recht wertlose Dinge, den scharfen Zahn eines Krokodils zum Beispiel oder ein wunderschönes Glasauge, das ihm, wie er Wilma mit ernstem Blick versicherte, ein amerikanischer Millionär als Andenken verehrt habe, es sei das Kostbarste gewesen, was er im Moment zur Verfügung gehabt habe, denn sie waren beide splitternackt in einer Höhle gefangen gewesen, wo sie erwarten mußten, jede Minute getrennt zu werden, um sich nie mehr wiederzusehen.

Als Wilma, das Glasauge mit spitzen Fingern entgegennehmend, ihn fragte:

»In einer Höhle? Und warum splitternackt?« sah er sie träge an und sagte:

»Nun, das Wasser, wir mußten doch erst durch das Wasser«, um sich dann unerbittlich in Schweigen zu hüllen, die Arme auf den Küchentisch gestützt, die Nase über seinem dampfend heißen Kaffee.

Er war groß und schwer wie seine Mutter, nur wirkte er geschmeidiger. Er hatte eine Art, lautlos zu gehen und plötzlich hinter einem erschrockenen Menschen wie aus dem Boden gestampft aufzutauchen, die man seiner massigen Gestalt nicht zugetraut hätte. Sein Gesicht war breit und dunkel, seine Augen glitzerten so schwarz wie der Kaffee, den er leidenschaftlich gern trank.

Arthur war wieder einmal fort, und Wilma brachte sein Zimmer gründlich in Ordnung, obwohl er das gar nicht liebte, aber Wilma fühlte sich sicher in seiner Abwesenheit und kehrte schamlos das Unterste zuoberst. Sie war nicht neugierig, und das gab ihr ihrer Meinung nach das Recht, auch noch die geheimste Schublade umzustülpen, auszuwaschen und ordentlich wieder einzuräumen. Sie hörte Adele die Treppe heraufkommen, fuhr aber schweigend in ihrer Beschäftigung fort.

»Wilma«, Adele lehnte sich schwer unter die Tür, »diesmal stimmt was nicht.« Sie hielt den Brief in der Hand, den der Briefträger schon am vorhergehenden Nachmittag gebracht, den sie aber erst heute morgen geöffnet hatte.

»Hör einmal zu, was Arthur schreibt: *Liebe Madame Adele*«, las sie, »*ich brauche Deine Hilfe. Zieh ein einfaches Kleid an, lege Deinen Schmuck ab und tritt in diesem Haus eine Stelle als Köchin an, man erwartet Dich...*« Adele murmelte einen Namen vor sich hin. »... Alte Dammstraße«, fuhr sie dann mit erhobener Stimme fort, »keine sehr gute Gegend, Wilma, wenn ich mich nicht täusche?«

Wilma hatte ihr mit vorgeschobener Unterlippe und mit in die Seiten gestützten Armen zugehört, nun runzelte sie mißbilligend die Stirn.

»Ist der Junge verrückt geworden, Sie als Köchin...? Die Alte Dammstraße? Das muß da unten irgendwo am Fluß sein, miserable Gegend, da haben Sie recht, Madame.«

Sie schüttelte ratlos den Kopf und sah auf den Brief.

»Sonst schreibt er nichts?«

»Doch, doch, warte mal, ... ja.

*...ich brauche Deine Hilfe, und ich schreibe Dir, denn ich könnte den Spott in Deinen Augen nicht ertragen, wenn ich Dir gegenübersitzen und erzählen sollte. Endlich ist das eingetroffen, was Du Dir immer gewünscht hast, ich habe mich verliebt. Eines war uns beiden immer klar, niemals könnte ich ein Mädchen lieben, das mir wie ein reifer Apfel in den Schoß fällt, es müßte schwieriger zu gewinnen sein als die Tochter eines indischen Fürsten... Nun aber stellt es sich heraus, daß das Mädchen, das ich liebe, weder in einem indischen Palast noch in einer windumheulten Hütte auf dem schottischen Hochmoor lebt, ich fand es auch nicht auf dem Grund des Meeres ...nein, nichts von dem...es lebt in dieser Stadt, in der auch wir leben, in einem Haus an dem Fluß, dessen Wasser wir trinken, aber sie ist unerreichbarer für mich, als wenn sie hinter der Sonne lebte. Sie ist*

*in sich selbst gefangen. Das verstehst Du jetzt nicht, wirst es aber bald verstehen, wenn Du sie erst gesehen hast.*

*Dein Arthur.*«

»Du meine Güte«, keuchte Wilma, »Sie werden doch nicht hingehen, Madame?«

Adele blickte so lange auf den Brief, als lerne sie ihn auswendig.

»Ja, Wilma, was will ich machen? Er scheint mich tatsächlich zu brauchen. Der unabhängige, verschwiegene und stolze Arthur ... und dann, vergiß nicht ...«

Sie hob bedeutsam den Zeigefinger und lächelte ...

»Er hat sich verliebt ... vielleicht, wenn dieses Abenteuer gut ausgeht, behalten wir ihn für immer hier. Eine Frau, Kinder ...«, sie verdrehte die Augen und führte Daumen und Zeigefinger an die Lippen, als koste sie einen besonderen Leckerbissen.

Wilma beobachtete sie mürrisch.

»Was Ihnen da so vorschwebt, Madame! Na, mir soll's egal sein. Sie als Köchin ..., daß ich nicht lache. Heute morgen war übrigens ein junger Mann da, der nach Arthur fragte. Er sagte, er wolle ihm Geld bringen. Ich habe ihn auf heute nachmittag bestellt, Sie haben ja noch geschlafen.«

»So, habe ich das?« Adele kräuselte die Lippen.

»Ein junger Mann, der Geld für Arthur bringt? Gut, Wilma, dann mache ich mich fertig. Vielleicht kann er uns etwas erzählen.«

## 8

Sie empfing den jungen Mann im Salon. Draußen ging ein Gewitterregen nieder, Schauer prasselten auf die Blätter der großen Kastanie, deren Zweige an die Fenster klopften, ein diffuses, grünliches Dämmerlicht erfüllte den Raum, ein Licht, das Adele über alles liebte.

Sie haßte alles Klare, Helle, Sachliche, sie liebte die Zwischentöne, Vergilbtes, Vergessenes, Kleider aus fast schon morscher Seide, Bücher in brüchigen Einbänden, die vor ihr schon durch viele Hände gegangen waren, Möbel, die schon oft ihre Besitzer gewechselt hatten . . ., sie fühlte sich dann mehr als kleines Glied in einer langen Kette, Leben und Tod waren nicht mehr so einmalig und furchtbar.

›Es ist merkwürdig‹, dachte sie oft, wenn sie ihren Mund an eine Tasse setzte, die Wilma bei einem Trödler erstanden hatte, ›viele, die schon vor mir ihren Mund an dieselbe Stelle gesetzt hatten, wie ich es jetzt tue, sind tot, vermodert, vielleicht vergessen, und trotzdem scheint mir dieser alten Tasse, die den Toten gehört, entschieden mehr Leben innezuwohnen als jeder noch so schönen neuen Tasse, die vor mir noch kein anderer Mund berührt hat.‹

Sie bat den jungen Mann, der versuchte, vor Arthurs geheimnisumwobener Mutter einigermaßen sicher aufzutreten, in einem Sessel ihr gegenüber Platz zu nehmen.

Sie musterte ihn unbeteiligt, während er mit erschreckten Augen gierig jede Einzelheit ihres phantastischen Putzes in sich aufsog.

Sie trug an diesem Sommernachmittag einen geranienroten Morgenrock, der nur aus Rüschen, Fältchen, Spitzengeriesel und Schleifchen zu bestehen schien, ein sanfter Moschusduft entstieg ihm. Ihren schönen Mund hatte sie üppig rot geschminkt, und in ihren lackschwarzen Haaren steckten Rosen. Einen Augenblick hatte der junge Mann das Gefühl, er sitze am Grund eines Aquariums einem großen Haufen welker Rosenblätter gegenüber, aber dann dachte er, daß jemand, der sich so hemmungslos den Launen seiner Phantasie überließ, wie Arthurs Mutter es tat, entweder verrückt oder von einer großen Freiheit erfüllt sein müsse, und da er nach einem Blick in ihre Augen durchaus das letztere anzunehmen bereit war, atmete er auf und streckte im Sessel die Beine von sich. Er ließ sich gehen wie in einem warmen Bad, seine Verkrampftheit löste sich, er fühlte sich wohl und wünschte sich nur, lange so sitzenzubleiben, dem Regen zu lauschen und mit schläfrigen Augen diesen dunkelrosaroten Koloß zu betrachten.

Arthurs Mutter begann zu sprechen:

»Sie sind Arthurs Freund?«

Er setzte sich aufrecht.

»Ja, Madame, einer seiner Freunde. Ich dachte, ich würde Arthur hier treffen. Es ist so... ich schulde ihm Geld, eine ziemlich große Summe... einen Teil davon kann ich ihm jetzt zurückgeben, hier ist es.«

Er zog einen dick gefüllten Briefumschlag aus seiner Rocktasche. Adele wies mit dem Finger auf ein rundes Tischchen in seiner Nähe.

»Legen Sie es dorthin«, sagte sie gleichgültig. »Hören Sie, junger Mann«, Seide raschelte, als sie den Kopf zur Seite wandte und hinaus in den Regen blickte, »vielleicht können Sie mir helfen. Wann haben Sie Arthur zuletzt gesehen?«

»Das letztemal, als er mir mit diesem Geld aushalf«, errötend berührte der junge Mann das gefüllte Kuvert, »ich war schrecklich in Verlegenheit, Sie dürfen nicht denken, daß ich gern Schulden mache. Ich traf Arthur damals bei Lili in der Vorstadt, ich weiß nicht, ob Sie dieses kleine Café kennen, Arthur ist sehr oft dort...?«

Adele hob nachlässig die Hand.

»Ich kenne es nicht ... und weiter?«

»Er kam zu mir an den Tisch und merkte gleich, daß ich sehr bedrückt war. Wissen Sie, es war so«, verlegen sah er auf seine Finger, »ich hatte Geld geliehen bei einer alten Dame, die mir ein Freund empfohlen hatte, sie hat ein Herz für junge Leute ...«, er verhaspelte sich und senkte den Kopf. »Wozu Ihnen das alles erklären? Ich brauchte jedenfalls dringend das Pfand, das ich bei ihr hinterlegt hatte, es war ein Armband meiner Mutter.«

»Ich verstehe«, Adele lächelte nachsichtig, »man hatte den Verlust des Armbandes bemerkt und verdächtigte alle möglichen Personen, nur nicht Sie.«

»Ja, so ungefähr war es, ich mußte das Armband unbedingt wieder herbeischaffen und zurücklegen, aber noch hatte ich das Geld nicht. Arthur bot mir sofort seine Hilfe an.«

»Das wundert mich keineswegs«, bemerkte Adele, »Sie sahen ihn also dort in dem Café zum letztenmal?«

»Nein, nein, er ging gleich mit mir, das Armband zu holen. Ich hatte ihm von der Alten erzählt, die mir das Geld gegeben hatte, und sie interessierte ihn. Sie ist eine richtige kleine

Hexe, müssen Sie wissen, nicht größer als ein Meter«, er zeigte mit der Hand die ungefähre Größe, »aber sehr gutmütig, wenn es nicht gerade um ihren Gewinn geht. Sie wohnt in einem Haus unten am Fluß, in diesem Viertel, das bald abgerissen werden soll.«

Adele wandte den Blick vom Fenster und sah ihn neugierig an.

»Alte Dammstraße?« fragte sie.

»Ja«, er nickte erstaunt, »Alte Dammstraße, das stimmt.«

»Junger Mann«, Adele lehnte sich seufzend zurück, »erzählen Sie mir alles, alles, was Sie und Arthur in der Alten Dammstraße erlebt haben, auch wenn es Ihnen nicht erzählenswert scheinen mag.«

»Oh, das eigentlich nicht«, sagte er, »es war schon merkwürdig, aber mit Arthur erlebte man ja eigentlich immer die komischsten Dinge.«

Wilma hatte Tee gebracht und nach einem mißtrauischen Blick auf Arthurs Freund die Tür wieder hinter sich geschlossen.

Adele schlürfte mit halbgeschlossenen Augen. Es hatte aufgehört zu regnen, und durch das Fenster, das Wilma geöffnet hatte, kam frische, feuchte Luft herein.

Sie hörte dem jungen Mann zu, und so erfuhr sie — an diesem nach dem Regen still vor sich hinträumenden Sommernachmittag — zum erstenmal etwas von Ophelia.

# 9

Ich bin dir ewig dankbar«, sagte Arthurs Freund, nachdem sie die Bank verlassen hatten, in der Arthur den notwendigen Betrag abgehoben hatte. Sie stiegen die ausgetretenen Stufen zum Fluß hinunter, um dort am Wasser entlang zur Alten Dammstraße zu gehen.

»Schon gut«, Arthur lachte, »reden wir nicht mehr darüber. Ist es sehr weit bis zu deiner alten Geldkatze?«

»Nicht sehr. Am Fluß entlang dauert es ein bißchen länger, aber der Weg ist schöner.«

Arthur sah sich um und nickte. Zu ihren Füßen schwappte das graue Wasser gegen die Uferböschung, Schrebergärten zogen sich längs des Flusses hin, Rauch stieg auf, und ein Schiff tutete drüben vor der Schleuse.

»Wir müssen nachher über die Brücke«, erklärte sein Freund, »nicht gerade die vornehmste Gegend, in der die Alte wohnt, aber sie hat trotzdem manchmal die allerfeinste Kundschaft. Sie legt auch Karten und liest aus Kaffeesatz.«

»Und hat die ganze Wohnung voller Katzen.«

»Nein«, er sah Arthur zweifelnd von der Seite an, »wie kommst du darauf?«

»Das hätte gut zum Bild gepaßt.«

Sie bewunderten die verschiedenfarbig angestrichenen Badewannen in den Gärten, die mit umgekehrt eingegrabenen Flaschen umzirkelten Beete, die liebevoll ausgeschmückten Lauben. Arthurs Freund, der heiter und ausgelassen war, in dem Gefühl, endlich von einer drückenden Last befreit zu sein, drückte einem kleinen Jungen, der verloren im Sand ganz allein für sich Fußball gespielt hatte, Geld für ein Eis in die Hand. Der Kleine schenkte ihnen einen erstaunten Blick und raste dann, den Ball unter den Arm geklemmt, davon. Sie mußten noch über ihn lachen, als sie schon fast am Ziel waren.

Die Alte Dammstraße war wirklich sehr alt. Hohe, verwahrloste Häuser drängten sich aneinander, ab und zu verdeckte eine Platane mit ihrem zerfransten Grün mitleidig einen Teil des abbröckelnden Putzes. Am meisten heruntergekommen schien aber das Haus Nr. 8 zu sein, schwarz und ohne Vorhänge, zum Teil mit eingeworfenen Scheiben, starrten die Fenster wie dunkle Augenhöhlen auf sie herunter. Wirkten die anderen Häuser in der Straße verwahrlost und schmutzig, so kam bei diesem Haus noch etwas Düsteres und Drohendes hinzu.

»Und dabei«, sagte Arthurs Freund und stieß die Tür zum danebenliegenden Haus Nr. 10 auf, »war dies einmal eine bevorzugte Wohnlage. Aber das ist schon sehr lange her. Sollen wir mit dem Fahrstuhl fahren? Sie wohnt ganz oben.«

Arthur nickte schweigend. Im Fahrstuhl brannte ein trübes Licht, das die vielen Kritzeleien und schmutzigen Fingerabdrücke mit einer gleichmäßigen Lasur überzog, die den Anblick etwas erträglicher machte.

»Ich liebe Ophelia«, las Arthur und zeigte mit dem Finger auf den Satz, den jemand dick mit roter Tinte über das Schild *Bis zu acht Personen* geschrieben hatte.

»Gebildet ist man hier also auf jeden Fall«, bemerkte er lächelnd, als er mit seinem Freund den Fahrstuhl verließ, der sie empört schnaufend bis ins oberste Stockwerk getragen hatte und nun erleichtert aufquietschte, als er endlich von ihrem Gewicht befreit wurde.

Die Geldverleiherin entpuppte sich als eine sehr freundliche kleine Hexe. Das Geschäft lief ohne jede Schwierigkeit ab, Arthur gab ihr das Geld, sie lieferte den Armreif und den

Schuldschein aus, den Arthurs Freund sofort zerriß, um ihn so zu dem Armband in die Tasche zu stecken.

Sie sah Arthur neugierig an und sagte mit ihrer lauten, heiseren Stimme, als sie sich zum Gehen wandten:

»Bleiben Sie doch noch ein paar Minuten bei mir, auf ein kleines Gläschen, meine Herren. Ich bin eine alte, einsame Frau, die nur selten Besuch erhält.«

Sie schlug einen Vorhang zurück und führte sie in ein kleines Zimmer, in dem eine Menge Krimskrams verteilt war. Da gab es Hirsche aus Porzellan, mit einer Uhr im Bauch, Tänzerinnen aus weißem, kristallig glitzerndem Salz geformt, Muschelkästchen, ausgestopfte Tiere und an den Wänden Scherenschnitte und Laubsägearbeiten; und die Lampe an der Decke versteckte sich hinter einem Röckchen aus bunten Perlenschnüren.

Arthur, der groß und kräftig mitten im Zimmer stand und sich kaum zu bewegen wagte, aus Angst, an irgendeines dieser kostbaren Dinge zu stoßen, sah freundlich lächelnd zu der kleinen Alten hinunter, die ihn bewundernd anstarrte, um dann auf ein Bild zu zeigen, das über dem Sofa hing.

»Mein Mann«, erklärte sie, »mein verstorbener Mann.«

Sie huschte wieder hinaus, und sie hörten das Klirren von Glas.

»Arthur«, sagte sein Freund spöttisch, während sie das Bild betrachteten, »sie liebt, scheint's, große, stattliche Männer, nimm dich in acht.«

Auf dem Bild sah man die kleine Hexe auf einem Hockerchen stehen, an der Seite eines großen Mannes, der über einem altmodischen Kostüm einen langen Mantel trug, dessen einen Zipfel er fürsorglich seiner kleinen Frau über die Schulter gebreitet hatte.

»Er war ein großer Herr in einer Loge«, verkündete die kleine Hexe wichtig, als sie wieder eintrat, ein Tablett mit einer Flasche und Gläsern in Händen. »Bitte setzen Sie sich doch.«

Arthur suchte sich einen Platz auf dem Sofa, und die kleine Hexe, die wirklich kein Auge von ihm ließ, hüpfte sofort neben ihn. Arthurs Freund erstickte sein Gekicher in seinem Glas, Arthur aber begann ohne die geringste Verlegenheit ein freundliches Gespräch. Sie unterhielten sich über dies und jenes, meistens sprach die kleine Hexe in hohen, singenden und klagenden Tönen, Arthur warf nur ab und zu eine Bemerkung dazwischen. Sie jammerte über die heruntergekommene Umgebung, in der sie leben müsse, und Arthur erwähnte das trostlose Haus nebenan. Ihr Redestrom versiegte wie abgeschnitten. Das reizte Arthur, der ein Geheimnis zu wittern begann, und er fing an, ihr Fragen zu stellen. Sie wand sich verlegen, einerseits gefiel ihr Arthur sehr gut, und sie wollte ihn nicht vor den Kopf stoßen, andererseits ...

»... der Alte, dem das Haus gehört, ist gefährlich, verstehen Sie, ich könnte es mir nicht verzeihen, wenn Sie sich zu einer Unbesonnenheit hinreißen ließen. Man weiß, wie so junge Männer sind.«

»Arthur«, erklärte da sein Freund plötzlich und hob mahnend den Zeigefinger aus der Tiefe seines Sessels, »ist die Besonnenheit in Person, ihm können Sie alles, alles erzählen, er ist schweigsam, erfahren und klug.«

Nachdem er diesen erstaunlichen Beitrag zum Gespräch geleistet hatte, versank er wieder in Schweigen.

»Sie sehen«, sagte Arthur und ergriff die Hand seiner widerstrebenden Gesprächspartnerin, »Sie müssen mir schon das schreckliche

Geheimnis des Hauses Nr. 8 anvertrauen, ich lasse Ihnen sonst keine Ruhe mehr.«

»Schrecklich, ach schrecklich ist es wohl nicht. Es ist nur ein Mädchen, das ganz oben in einem Zimmer eingesperrt ist, man nennt sie Ophelia, weil sie oft auf dem Balkon steht und zum Fluß hinuntersieht. Das ist alles.«

»Das ist alles«, murmelte Arthur nachdenklich und spielte mit ihrer Hand, »ist sie schön, diese Ophelia?«

Die kleine Hexe entzog ihm ihre Hand.

»Ich wußte es ja«, keifte sie, »ein Weiberrock und ein bißchen Geheimnis drumherum, und ihr verliert den Kopf.«

»Und sie hat den Balkon neben dem Ihren, nicht wahr?« fragte Arthur ungerührt und stand auf, »und sie ist eingesperrt in einem Zimmer, die Arme, in einem Zimmer hoch oben in einem Haus, das aussieht, als wäre es eine Festung, bis unters Dach besetzt von Ratten.«

»So ist es«, kreischte die Alte hinter Arthur her, als er sich anschickte, die Glastür zu öffnen, die hinaus auf den kleinen Balkon führte, »so ist es, und sie wartet nur auf irgendeinen Narren, der sie befreit.«

Arthur drehte sich um und winkte seinem Freund, die aufgeregte Alte zum Schweigen zu bringen. Er sah, wie sein Freund beschwichtigend auf die kleine Hexe einredete und versuchte, sie wieder auf das Sofa niederzudrücken.

»Nichts als Scherereien«, hörte er sie schimpfen, »ich werde für diese Dummheiten büßen müssen . . .« Allmählich wurde das Gezeter leiser und verebbte schließlich in einem entrüsteten Geschnaufe.

Arthurs Zähne blitzten einen Moment hell in seinem dunklen Gesicht auf — er bedauerte seinen Freund —, dann wurde er wieder ernst und sah sich auf dem Balkon um. Gras wuchs zwischen den Steinplatten, in der Ecke stand in einem Kübel ein Oleanderbaum mit blaßrosa Knospen. Arthur lehnte sich über das Geländer und sah hinüber zu dem Balkon des Nachbarhauses. Schade, er zuckte mit den Schultern, zum Springen zu weit . . . außerdem war das Geländer — er rüttelte daran — auch nicht mehr allzu fest. Drüben stand die Tür halb offen, er lauschte, wenn ihn nicht alles täuschte, sang da jemand leise vor sich hin.

»Ophelia!« rief Arthur.

Vorgebeugt, die Hand auf das Geländer gestützt, wartete er. Das kleine Lied brach ab, die Tür öffnete sich weiter, und ein Mädchen kam auf den Balkon.

## 10

Ophelia wirkte wie ein Kind in ihrem langen weißen Hemd, aber als sie näherkam, sah er ihr Gesicht deutlicher, und er blickte in ihre dunklen, traurigen Augen, die so gar nichts Kindliches an sich hatten. Sie legte ihre Arme auf die Brüstung und lächelte ihn an. Es war ein Lächeln, das keine Fröhlichkeit weitergab, es tat eher weh, als daß es erfreute. Er räusperte sich.

»Man hört sehr geheimnisvolle Dinge von Ihnen, Fräulein Ophelia...«, er machte eine Pause. Sie schwieg und sah ihn weiterhin mit diesem traurigen Lächeln an.

»Kann ich Ihnen irgendwie helfen?«

Sie senkte den Kopf und schien nachzudenken. Nach kurzer Zeit blickte sie wieder hoch und flüsterte entschlossen:

»Sie könnten zu meinem Geliebten gehen und ihm sagen, daß ich eine gute Schülerin gewesen bin und getan habe, was er verlangte.«

Sie hatte einen Geliebten. Arthur spürte einen schmerzlichen Stich in der Brust, und gleichzeitig mußte er über sich lächeln. Warum sollte sie keinen haben, und was ging ihn das an?

»Ich werde Ihren Wunsch gern erfüllen«, sagte er, »und wo kann ich ihn erreichen?«

»Dort«, sie wies mit ihrem Finger auf die andere Seite des Flusses, wo eine Fabrik neben der anderen lag, wo kleine, schmutzige Kanäle durch das Gelände führten, wo der immerzu aus den Schornsteinen quellende Rauch alle Mauern und Dächer mit einer schmutzigen grauen Schicht überzogen hatte.

»Soviel ich weiß«, sagte Arthur höflich, »gibt es dort keine Wohnhäuser. Ihr, nun ja, Ihr Geliebter arbeitet in einer Fabrik?«

Sie schüttelte den Kopf und lachte leise. Er sah sie entzückt an. Wenn sie so lachte, schien ihr Gesicht von innen her zu leuchten, und alle Traurigkeit war wie fortgewischt.

»Es gibt ein Haus«, die Hand wies immer noch hinüber, »es gibt ein einziges Haus, es steht an einer Schleuse, es ist klein und alt und ganz mit Efeu überwachsen . . .«

Ihre Stimme bekam einen sehnsüchtigen Klang, und Arthur spürte wieder, wie Eifersucht sich in ihm regte.

»Bitte verzeihen Sie mir meine Neugierde, Ihr Freund weiß nichts von Ihrer Lage?«

»Wie sollte er«, flüsterte sie träumerisch, »wenn ich nicht zu ihm komme . . .«

»Er hätte sich immerhin nach Ihnen erkundigen können...« Arthur fühlte, wie schlecht das klang, und hob die Schultern.

»Natürlich geht mich das alles gar nichts an.«

»Oh, ich kann es ja erzählen, warum nicht.«

Sie nahm den aus weißen Rosen geflochtenen Kranz, den sie auf dem Kopf getragen hatte, herab und drehte ihn, während sie sprach, zwischen den Händen. Ab und zu riß sie eines der weißen Blätter ab und ließ es in die Tiefe segeln.

Arthur betrachtete ihre Hände und hörte auf ihre Stimme, die klang wie die Stimme eines Kindes, das lange allein in einem Zimmer eingesperrt war und das gesehen hat, wie alle Dinge ringsum zu unheimlichem Leben erwachen können.

»Wenn es in den Nächten kalt war, naß und neblig, ging ich zu diesem Haus an der Schleuse. Ach, ich weiß es noch so gut. Das Licht der Laternen zeichnete flimmernde Inseln auf den nassen Asphalt, ich ging von Insel zu Insel, und die Wände der Häuser warfen das Echo meiner Schritte zurück. Ich hatte keine Angst, vor gar nichts hatte ich Angst, denn ich wußte, der mich in den nebligen Nächten zu sich rief, würde mich beschützen. Ich hatte keine Angst vor dem streunenden Hund, der kläglich ein Stück neben mir hertrottete, und keine Angst vor dem Betrunkenen, der in dem verlassenen Häuschen der Straßenbahnhaltestelle schnarchte. Ich ging den schmutzigen Kanal entlang, dessen Wasser dumpf gurgelte und gegen die hohen, glitschigen Wände schwappte, und ich ging über die schmale Holzbrücke, die über die Schleuse führte. Meine Hand streifte das feuchte Geländer, und da war es, geliebtes, kleines graues Haus an der Schleuse. Die Fensterläden waren geschlossen, überwachsen von Efeu, niemand würde sie mehr öffnen.

Ich stieß die Tür auf, er wartete auf mich, er hob die Hände und kam auf mich zu, ich schloß ihn in die Arme, er war klein, und er hatte einen Buckel, aber wie schön schimmerte sein bleiches Gesicht im fahlen Schein einer Laterne, deren Licht durch die Türöffnung fiel.«

Arthur hob schnell den Kopf und sah sie aufmerksam an. Als sie ruhig weitererzählte, senkte er den Blick wortlos wieder auf ihre Hände, die die Rosen zerpflückten wie zwei kleine, ruhelose Tiere, die Futter suchten.

»Wir gingen hinauf in das Zimmer im ersten Stock, Staub lagerte auf den Möbeln, und längst eingetrocknet war das Blut auf dem Sofa, auf dem wir saßen und uns ansahen und erzählten . . .«

Hier war es, daß Arthur schnell die Luft einzog und nur drei Worte hervorstieß, auf die sie nicht achtete:

»Der Fall Lamin.«

». . . der Regen tropfte eintönig gegen die Fensterläden und auf das Wasser, ich saß neben ihm, kleine Mäuse kamen, piepsten und hoben ihre Pfötchen zu uns empor. Manchmal hörte ich weit weg draußen einen Betrunkenen singen.«

»Teures Fräulein«, sagte Arthur kalt durch die Zähne, »ich interessiere mich zufällig auch für Kriminalgeschichte. Sie erzählen mir von dem Schleusenwärter Lamin, der auf seinem Sofa nacheinander sechs Frauen tötete und ihre Leichen in das Wasser warf, bevor man ihn 1892 überführte und ein Jahr später hinrichtete 1892 . . .«

Er schnaubte verächtlich.

»Aber eines muß man Ihnen lassen, Sie erzählen gut. Gestatten Sie«, er sah auf seine Uhr, »daß ich mich für das Gespräch bedanke und von Ihnen verabschiede. Man erwartet mich drinnen.« Er machte eine vage Handbewegung zur Tür hin und wandte sich zum Gehen.

»Oh, warten Sie.« Sie hob eine Hand hoch und sah ihn ernst und flehend an.

»Ich habe nicht gelogen«, sagte sie mit so schwacher Stimme, daß er den Kopf vorbeugen mußte, um sie zu verstehen.

»Er hieß Lamin, ja, Wilhelm Lamin, aber er hat mir nie etwas getan ...«

Arthur starrte sie an ...

›Kein Wunder‹, dachte er, ›wenn er schon über 70 Jahre tot ist.‹

Aber er biß sich noch rechtzeitig auf die Lippen und sagte nichts dergleichen. Im Gegenteil, er legte die Hand aufs Herz und verbeugte sich elegant.

»Sie haben vollkommen recht«, seine Augen glitzerten, »aus solch einem schönen Mund kann einfach keine Lüge kommen.« Er ging in die Wohnung zurück und fand seinen Freund und die kleine Hexe friedlich beisammensitzend, sie schien sich einigermaßen beruhigt zu haben.

Er ließ sich auf einen mit Troddeln geschmückten Hocker nieder und griff sich an den Kopf.

»Geben Sie mir noch ein Glas von Ihrem

Gift«, stöhnte er, »dieses Kind hat mich vollkommen verwirrt.«

»Kind«, krächzte die Alte höhnisch, »mein Lieber, soviel man sich hier erzählt, hat sie im zarten Alter von dreizehn Jahren ihre Mutter ins Wasser gelockt und damit einem frühen Ende zugeführt. Es ist schon Jahre her, aber mir ist es noch, als wäre es gestern gewesen, als ich sie rufen hörte... Mama, ich ertrinke, hilf mir doch, ich ertrinke...!«

Die Alte goß ihm glucksend von ihrem klebrigen Gebräu ein, und Arthur stürzte den Inhalt des Glases auf einen Zug hinunter. Sie beobachtete ihn zufrieden.

»Anis«, murmelte sie, »sehr feine Sorte.«

»Wer sagt Ihnen«, fragte Arthur keuchend und betrachtete mißtrauisch sein leeres Glas, »wer sagt Ihnen, daß sie nicht wirklich am Ertrinken war?«

»Hätte sie denn sonst ihr Vater da oben eingesperrt«, flüsterte sie vorgebeugt mit funkelnden Augen, »und alle Mieter nach und nach aus dem Haus geekelt, ha, ha, ha.«

Sie lachte scheppernd.

»Bei Ihrer lieben, kleinen Ophelia stimmt es nicht ganz im Kopf, das können Sie mir glauben. Sie müßten Sie abends manchmal singen hören, wenn sie am Geländer steht und zum Fluß hinuntersieht.« Mit hoher, künstlicher Stimme begann sie zu singen:

*. . . hilft mir denn keiner, ich bin so allein*
*allein im Mondlicht*
*Regentropfen*
*süße, süße Musik*
*ich bin so allein.*
*Warum hört keiner mit mir zusammen*
*die fremden Töne*
*sieht, was ich sehe*
*moostropfendes Schloß im feuchten,*
*dunklen Park.*
*Seltsame Tiere, die sich heben und senken*
*unter den nebligen Bäumen*
*ich bin so allein . . .*

Das letzte ›allein‹ zog sie lang und genüßlich hin, mit einem schrillen Ton brach sie ab.

Arthurs Freund lachte, Arthur aber saß da und lauschte der Alten, vorgebeugt, damit ihm ja kein Wort entging. Sein Gesicht trug einen Ausdruck, als täte ihm irgend etwas sehr weh.

Die kleine Hexe war von ihrer Gesangseinlage so entzückt, daß sie noch mehr zum besten geben wollte.

»Ruhe!« brüllte Arthur und hob die Hand.

In das erschrockene Schweigen hinein sagte er dann entschuldigend und so leise, daß sie ihn fast nicht verstanden:

»Ich glaube, ich liebe sie.«

Arthur setzte dem Gezeter der Hexe und den Vorwürfen seines Freundes nach dieser Eröffnung nichts entgegen als ein finsteres Schweigen. Erst als beide endlich aufhörten, auf ihn einzureden, hob er den Kopf und wandte sich an die kleine Hexe.

»Ich bilde mir nun einmal ein, Ophelia zu lieben, und ich bitte Sie, mir zu helfen.«

»Ich denke ja nicht daran«, lachte die kleine Hexe, »auch das noch. Süßes Liebesgeflüster auf meinem Balkon? Das schwebt Ihnen wohl vor? Was? Nein, niemals, niemals. Wenn der Alte das rauskriegt, bringt er uns alle drei um.«

»Lebt nur noch der alte Mann bei ihr im Haus?«

»Ihr Vater, ja. Er wohnt im Erdgeschoß, er und Roberta natürlich.«

»Roberta?«

»Das Dienstmädchen. Einer muß doch kochen und einkaufen, putzen und waschen. Sie brauchen nicht so mit den Augen zu blitzen,

Roberta wird Ihnen auch nicht helfen. Sie ist ein mageres und störrisches Ding, sie rennt aus dem Haus wie eine gehetzte Ratte, hamstert ihre Vorräte ein und verschwindet wieder im Bau.«

»Sonst verläßt sie das Haus nie?«

»Nun ja, einmal in der Woche.« Widerwillig gab ihm die kleine Hexe Antwort und drehte dabei den Kopf hin und her wie ein Kind, das Schmerzen hat.

»Einmal in der Woche geht sie in das Kino an der Ecke. Aber ich schwöre Ihnen, sie läßt sich nicht ansprechen oder einladen, die nicht. Die hat der Alte schon mit seinem Pestatem vergiftet. Sie müßten ihn einmal sehen.«

»Auch ohne, daß ich ihn gesehen habe, weiß ich doch jetzt schon, daß ich ihn nicht gerade ins Herz schließen werde«, murmelte Arthur und zog die Augenbrauen zusammen ...

»Und an welchem Tag geht Roberta ins Kino?«

»Heute abend, heute abend, junger Herr, in die Vorstellung um 8 Uhr, auf den billigsten Platz, und ich wünsche Ihnen viel Vergnügen und sage Ihnen hiermit adieu. Merken Sie es sich, ich sage Ihnen adieu und nicht auf Wiedersehen.«

»Ich werde es mir merken«, entgegnete Arthur und erhob sich langsam zu seiner vollen Größe. Er ergriff die kleine Hexe unter den Armen, hob sie zu sich hoch und drückte seine Nasenspitze gegen die ihre.

»Leben Sie also wohl. Ach, ich mag diese Art von Menschen, zu der Sie gehören. Verschnörkeltes, unnützes, häßliches Volk, aber sehr liebenswert. Schade, ich hätte Sie gerne wiedergesehen.« Er stellte die verwirrte Dame vorsichtig auf einen kleinen Tisch, zwischen einen grünspanigen Buddha und eine kunstvoll aus Blech gestanzte Abbildung der drei klugen Affen, von denen der eine nichts sieht, der zweite nichts hört, der dritte nichts spricht. Eine Darstellung, die ihn noch nie so recht überzeugt hatte, denn, so sagte er einmal zu Adele, »du magst sie drehen und wenden wie du willst, es bleiben auf jeden Fall immer noch zwei übrig, die hören oder sehen oder sprechen können. Und das ist mehr als genug, zumal sie ja dauernd so dicht aneinandergedrängt beisammenhocken.«

## 11

Es war ein Liebesfilm von der alten Sorte, den er sich, zwei Reihen hinter Roberta, ansehen mußte. Aber er nahm die rührenden und zu Herzen gehenden Szenen gern in Kauf, in der Hoffnung, daß sie Roberta in eine zärtliche Stimmung versetzten, die sie für seine Annäherungsversuche empfänglicher machen würde. Aber er hatte sich in ihr getäuscht. Während andere nach dem Ende des Filmes mit blinzelnden Augen und verlegenem Lächeln aus dem Kino drängten, ging Roberta mit unbewegter Miene an ihm vorbei zum Ausgang. Arthur folgte ihr und faßte sie, noch in der Menschenmenge vor dem Kino, am Arm. Sie drehte sich um und sah ihn an.

»Was wollen Sie?« fragte sie. Sie hatte ein mageres, flaches Gesicht, und das strähnige Haar, das ihr in die Stirn fiel, machte es nicht gerade reizvoller.

»Ich möchte Sie gerne zu einem Glas Wein einladen.«

Arthur lächelte so gewinnend wie möglich und verstärkte den Druck seiner Hand auf ihrem Arm.

»Das lassen Sie wohl besser bleiben.«

Sie versuchte ihren Arm mit einem Ruck freizumachen, dies gelang ihr aber nicht, statt dessen fiel ihr die Handtasche zu Boden. Arthur hob sie auf, ohne Robertas Arm loszulassen. Es war eine billige weiße Kunstlederhandtasche, vollkommen aus der Mode und an manchen Stellen gelblich verfärbt.

Er gab sie ihr und betrachtete aus den Augenwinkeln ihr Kleid, es sah aus, als hätte sie es geschenkt bekommen. Es war abgetragen und saß schlecht. Der Alte war allem Anschein nach auch noch geizig.

»Hören Sie«, sagte Arthur, »ich muß etwas Wichtiges mit Ihnen besprechen; wir stehen hier nur den Leuten im Wege, gehen wir ein Stückchen spazieren, wenn Sie sich schon nicht einladen lassen wollen.«

»Nein«, erwiderte sie. Sie stand, mager und störrisch, wie die kleine Hexe sie beschrieben hatte, neben ihm, und er wußte, sie würde in dem Moment, da er ihren Arm losließ, sofort weggehen.

Ein paar junge Burschen waren stehengeblieben und beobachteten sie kichernd.

»Die Dame ist zu gut für Sie«, rief einer, »die unterhält sich nur mit Ratten und Verrückten.«

Seine Kameraden belachten den Witz gebührend, jetzt blieben auch andere Leute stehen und sahen zu ihnen herüber.

»Kommen Sie«, sagte Arthur bestimmt, er ließ ihren Arm los, und sie ging fort, ohne sich noch einmal nach ihm umzudrehen. Als sie um die Ecke gebogen waren und man sie vom Kino aus nicht mehr sehen konnte, war Arthur mit zwei Schritten wieder neben ihr.

»Warum so stolz«, spottete er, »bin ich wirklich nicht gut genug für Sie?«

Sie blieb stehen und ballte die Fäuste.

»Verschwinden Sie«, flüsterte sie, »lassen Sie mich in Ruhe, sonst fange ich an zu schreien.«

»Sie werden nicht schreien«, entgegnete Arthur ruhig, »Sie können es nicht riskieren, daß hier Leute zusammenlaufen und vielleicht sogar ein Polizist kommt. Sie wohnen in dem Haus eines Herrn, dem Diskretion und unauffälliges Benehmen über alles gehen. Oder täusche ich mich da sehr?« sagte er plötzlich laut und heftig in ihr erblassendes Gesicht hinein.

»Wenn ich nur wüßte, was Sie wollen.«

Sie sah gehetzt um sich und zerrte an ihrer Handtasche.

»Wenn Sie Geld wollen, ich hab keins. Und was sonst . . .«

»Käme es Ihnen denn so merkwürdig vor«,

er beugte sich zu ihr und sprach auf einmal ganz sanft und leise, »wenn Sie, Sie allein mir gefallen würden und mich interessierten?«

Sie blickte ihn zutiefst erstaunt und mit halbgeöffnetem Mund an. Er sah, wie sie unter seinem unbeirrt freundlichen Blick immer verlegener wurde. Sie wandte den Kopf ab und strich an ihrem Kleid herunter. Als er bemerkte, wie sie ihre Hände mit den ungepflegten Fingernägeln hinter ihrer Handtasche zu verstecken suchte, verspürte er einen Moment Gewissensbisse.

»Nun?« fragte er.

»Das glaube ich Ihnen nicht«, sagte sie.

Er hob ihr Kinn hoch und drehte ihr Gesicht so, daß sie ihn ansehen mußte. Er erkannte, daß ihre Augen ihre Worte Lügen straften. Es lag ein ungläubiges Staunen in ihnen und eine verzweifelte Hoffnung.

»Meine liebe Roberta«, er legte den Arm um ihre Schultern und zog ihren Kopf an sich, um nicht mehr in ihre Augen sehen zu müssen, »ich habe Sie sehr gern, und ich möchte Sie näher kennenlernen.«

Und während er ihren eckigen Körper an sich drückte, sah er hinter ihr wie im Nebel das Mädchen mit dem weichen, hellen Gesicht und den träumenden Augen. Er roch den abgestandenen Essensgeruch aus Robertas Haaren und sehnte sich nach dem Duft von Ophelias Rosen.

Er strich behutsam über Robertas Haare. »... Gehst du jetzt mit mir irgendwohin ein Glas Wein trinken?«

Sie nickte.

»Wohin möchtest du gern? Oder sollen wir einfach die Straße entlanggehen und uns etwas suchen?«

»Nein, nein«, sie schüttelte heftig den Kopf. »Unten am Fluß«, sagte sie schüchtern, »gibt es eine Baracke, die einmal eine Kantine für Bauarbeiter war, dort gibt es Wein und Bier, glaube ich.«

Arthur fragte nicht, warum sie nicht in ein Café oder irgendeine kleine Weinstube gehen wollte, er drückte ihre Hand, ließ sie los und ging neben ihr die Straße hinunter.

Ein mit Kies bestreuter und von schweren Lastwagen ausgefahrener Weg führte zu der ehemaligen Kantine, die, von zwei mächtigen Kastanienbäumen beschattet, ihnen in der Dunkelheit mit ihren beleuchteten Fenstern den Weg wies.

Als Arthur die Tür öffnete, schlugen ihm raucherfüllte Luft und Stimmengewirr entgegen. Er trat ein, Roberta an der Hand hinter sich herziehend, und sah sich um. An rohen Holztischen, auf einfachen Stühlen saß ein Volk, das er gut kannte. Gestrandete, Säufer, Heimatlose, Verlassene und Verlorene, sie waren ihm vertraut von allen großen Städten der Welt, aber ob auch Roberta sie kannte und keine Angst vor ihnen hatte? Er drehte sich nach ihr um, begegnete ihrem verzückten Lächeln und erkannte mit einem schmerzlichen Stich in der Brust, daß Roberta neben ihm auch in der Hölle keine Angst haben würde.

Er setzte sich mit ihr in eine Ecke an einen freien Tisch und bestellte bei einer großen, gutmütig aussehenden Frau, die ihn ohne großes Interesse nach seinen Wünschen fragte, während sie mit einem schmutzigen Lappen eine Bierlache auf dem Tisch aufwischte, zwei Gläser Rotwein.

»Oder möchtest du lieber etwas anderes?«

Roberta schüttelte den Kopf und sah ihn dankbar an. Ihr bedingungsloses Vertrauen machte ihn fast krank. Wäre sie vorhin nicht so abweisend und mißtrauisch gewesen, er hätte sich besser gefühlt.

›Sie ist wie ein struppiger, verlassener Hund‹, dachte er, ›den jemand mit Zuckerstückchen an sich gelockt hat, um ihm dann um so besser einen Tritt geben zu können. Und das Gemeine ist, ich muß ihr den Tritt geben, anders komme ich nicht weiter.‹

Die Frau brachte den Wein und kassierte gleich.

»Entschuldigen Sie«, sagte sie mit einem Blick auf seine Kleider und sein Gesicht, »aber ich muß es nun mal hier so handhaben (›handhaben‹ sagte sie, und Arthur mußte trotz seines Kummers lächeln), die täten hier sonst saufen und saufen, und am Schluß, wenn es ans Zahlen ginge, nichts als Gegreine und Geflenne und leere Taschen ... Es gäbe Streit, wenn ich mit Ihnen eine Ausnahme machte.«

»Schon gut«, Arthur gab ihr ein Trinkgeld und hob sein Glas.

»Trink, Roberta, es wird zwar schmecken wie rote Tinte, aber was tut das schon.«

Roberta gab ihm einen verlegenen Blick.

»Sie wären sicher lieber woanders hin, aber mit mir kann man sich doch nirgends sehen lassen.«

›Jetzt‹, dachte Arthur verzweifelt, ›müßte ich irgendeine nette Bemerkung machen, aber ich kann es einfach nicht.‹

»Ich heiße Arthur«, sagte er statt dessen,

»sag Arthur und du zu mir, Roberta. Warst du schon öfter hier?«

»Nein«, sie lachte erschrocken auf. »Nein, noch nie. Ich war überhaupt noch nie weg, Wein trinken oder tanzen ...«

Es schien ihr jetzt erst richtig bewußt zu werden, daß sie gerade im Begriff war, das zu erleben, was sie sich immer gewünscht hatte, auszugehen, mit einem Mann zu sprechen, ihm zuzuhören und sein Gesicht zu betrachten. Einmal das zu erleben, was sie nur von den Filmen kannte, die sie sich jede Woche in dem Kino an der Ecke ansah.

Auch wenn der Wein nur wie rote Tinte sein sollte, ihr stieg er zu Kopf. Sie sah Arthur mit glänzenden Augen an und verdrängte alle mißtrauischen Gedanken. Sie war Roberta, es war Sommer, ein Sommerabend, warm und süß war die Luft draußen vor den geöffneten Fenstern, kleine Insekten schwirrten um die Lampen, Gläser klirrten, und viele Stimmen um sie herum lachten und redeten, schimpften und sangen. Sie war Roberta, und sie saß hier mit einem Glas Wein vor sich mitten unter den Leuten, und neben ihr saß ein Mann mit einem von der Sonne dunkel verbrannten Gesicht, der aussah, als wäre er ein Seefahrer oder ein

Abenteurer, gewohnt, unter den Sternen zu schlafen. Nach einem langen Blick auf ihr glückliches Gesicht stand Arthur plötzlich auf und zog sie mit sich hoch.

»Komm, Roberta . . .«

Sie ging wie im Traum durch den schmalen Gang zwischen den Tischen zur Tür.

Als sich die Tür hinter ihnen geschlossen hatte, waren sie ganz allein. Sie hörten das leise Rauschen des Windes in den Blättern des Baumes, unter dem sie standen, auf dem Fluß blinkten die Lichter eines ankernden Schiffes. Sie gingen hinunter zum Ufer und setzten sich ins Gras.

Arthur riß einen Grashalm aus und kaute darauf herum.

»Hör einmal«, er wandte sich ihr zu und versuchte im Dunkeln ihr Gesicht zu erkennen, sah aber nichts als den schwachen Widerschein eines Lichtes in ihren Augen.

»Hör zu, Roberta, wenn du einmal im Leben glücklich bist, ein paar Augenblicke oder meinetwegen auch Stunden so glücklich wie noch nie, dieses Glück würde aber mit einer großen Enttäuschung enden, wäre es dir dann lieber gewesen, du hättest es erst gar nicht erlebt?«

»Ich weiß nicht, ich verstehe Sie nicht«, flüsterte Roberta ängstlich.

Er spuckte den Grashalm aus und packte sie an den Schultern.

»Liebe Roberta, wenn ich dich jetzt küssen würde und streicheln und, na ja, und so weiter, und dann würde ich zu dir sagen, ich liebe dich nicht und habe dich nie geliebt, es ist jemand ganz anderer, den ich liebe, und ich brauche dich nur notwendig, um zu dem anderen zu kommen, wärest du dann sehr unglücklich?«

Sie hielt den Kopf gesenkt und gab keine Antwort... sie klappte ihre Handtasche auf und wieder zu, immer wieder auf und zu. Er tastete nach ihrem Gesicht und spürte etwas Warmes und Feuchtes über seine Hand laufen. Er zog seine Hand zurück und begann leise durch die Zähne vor sich hin zu fluchen.

»Verzeih mir«, sagte er schließlich, »ich bin der ungeschickteste und gröbste Idiot, den man sich nur denken kann.«

Mit zusammengepreßten Lippen hörte er auf ihr unterdrücktes Schluchzen, er fühlte sich so hilflos, wie er es an sich noch nie erlebt hatte... Er griff im Dunkeln nach ihren Haaren und zog sie zu sich herüber, er wischte ihr mit der Hand über das Gesicht.

»Komm, Roberta, so viel Tränen, das ist das alles doch nicht wert. So hör doch auf.«

Er preßte seinen Mund auf ihre Lippen, die naß und kalt waren und salzig schmeckten, und in diesem Augenblick dachte er nicht mehr an Ophelia.

Er traf Roberta drei Abende lang unten am Fluß, und am vierten Abend nahm sie ihn mit zu Ophelia. Drei Abende lang saß er mit ihr am Ufer im weichen Gras unter den hohen Bäumen und bemühte sich, nicht an Ophelia zu denken. Am Anfang des vierten Abends hielt er es nicht mehr aus und begann von Ophelia zu sprechen. Er stellte Fragen und blickte Roberta dabei nicht an, und sie konnte am Zittern seiner Lippen sehen, wie sehr er bewegt war. Sie war blaß, und ihre Stimme war leise und dünn wie ein Glasfaden, der jeden Moment zerreißen konnte, aber sie antwortete ihm auf alle seine Fragen, so gut sie konnte, und sie versprach ihm, ihn jetzt gleich zu Ophelia zu bringen.

»Sie wartet auf dich«, sagte sie, »seit sie dich auf dem Balkon gesehen hat, wartet sie auf dich.«

Er drückte Robertas Hand so fest, daß sie leise aufschrie.

»Ja«, Roberta sah ihn lange an, »ja, du denkst, das kann nur eines bedeuten, denn du kennst Ophelia nicht, und mir hast du das Recht genommen, dich zu warnen. Du würdest mir nicht glauben.« Roberta schwieg, und er bemerkte, wie sie mit sich kämpfte.

»Was würde ich dir nicht glauben?«

Sie stand auf und strich ihren Rock glatt. Sie sah mit einem geistesabwesenden und verlorenen Blick hinüber zu dem Haus, hinauf zu dem Balkon, auf dem Arthur mit einem plötzlichen freudigen Erschrecken eine kleine, weißgekleidete Gestalt erkennen konnte.

»Sie ist böse«, stieß Roberta hervor.

Arthur wurde verlegen und legte ihr die Hand auf die Schulter.

»Roberta, du wirst doch nicht . . .«

Sie schüttelte seine Hand ab und wandte ihm ein verschlossenes Gesicht zu, wie er es nun fast immer bei ihr sehen sollte.

»Ich wußte es ja, du glaubst, ich setze sie herunter, damit du sie nicht liebst. Nein . . .«, sie schüttelte den Kopf, »nein, das tue ich nicht. Du hast gesagt, du schenkst mir ein kleines Stückchen Glück, und das hast du auch getan. Das kann mir niemand mehr wegnehmen. Auch sie nicht.«

Sie gingen in der hereinbrechenden Dämmerung die Straße hinauf zu Ophelias Haus. Arthur blieb plötzlich stehen.

»Wo ist ihr Vater?«

»Er geht jeden Abend fort. Wohin, weiß ich nicht. Aber er kommt nie vor drei, vier Stunden zurück.«

Sie waren vor dem unheimlichen Haus angekommen, und Arthur spürte sein Herz klopfen, wie er es noch in keiner Gefahr stärker gefühlt hatte. Roberta holte einen einzelnen, großen Schlüssel aus ihrer Handtasche und schloß auf. Sie traten in einen dunklen Gang, und Arthur atmete widerwillig die muffige und abgestandene Luft ein.

Roberta nahm seine Hand und führte ihn zu dem Fahrstuhl, dessen quietschende Türen sie für ihn auseinanderschob. Ein schwaches Licht glimmte auf.

»Schließ die Türen, und drücke auf den obersten Knopf!« Sie sah ihn nicht an.

»Oben sind vier Türen. Eine Tür ist mit einem großen, weißen Kreuz gezeichnet. Dort dreh den Schlüssel herum, und geh hinein. Du hast noch ungefähr eine Stunde Zeit, wenn du ihm ganz sicher nicht begegnen willst. Jetzt brauchst du mich ja nicht mehr.«

Sie trat einen Schritt zurück und schob die Fahrstuhltüren zu.

»Roberta!« rief er und streckte eine Hand nach ihr aus.

Sie gab keine Antwort, und er drückte auf den obersten Knopf, der sich hell und glänzend von den übrigen abhob. Ächzend hob ihn der altersschwache Fahrstuhl durch die schweigenden Stockwerke nach oben. Mit einem kleinen Ruck blieb er stehen. Langsam schob Arthur die Türen auseinander und trat auf einen kleinen Gang. Zögernd ging er auf die Tür mit dem weißen Kreuz zu. Rings um ihn schien das verlassene Haus den Atem anzuhalten. Er drehte den Schlüssel um und öffnete die Tür. Neben einem großen Sarg, der mitten im Zimmer stand, erwartete ihn Ophelia.

# 12

Ophelia hatte auf ihn gewartet, wie sie nun jeden Abend auf ihn warten würde. Er hatte mit ihr gesprochen, wie er nun wohl jeden Abend mit ihr sprechen würde. Manchmal dachte er, einen Menschen gefunden zu haben, denselben Sehnsüchten und Ängsten ausgeliefert wie er, einen Menschen, ebenso fähig, im Übermaß zu lieben und zu hassen wie er, dann aber sagte oder tat sie wieder so Seltsames, daß er das Gefühl hatte, es mit einem völlig fremden Wesen zu tun zu haben. Einem Wesen, das Nacht hörte, wenn er Tag sagte.

Eines Abends, war es am zehnten, war es am elften Abend, er wußte es nicht, stand er in ihrem Zimmer und beobachtete sie nachdenklich. Sie war draußen auf dem Balkon und lehnte sich über das Geländer, um den Kindern, die unten am Fluß spielten, etwas zuzurufen. Er wagte es nicht, neben sie zu treten, aus Angst, jemand könnte ihn sehen und Ophelias Vater auf seine Anwesenheit aufmerksam machen.

Er beobachtete sie, an den großen, schwarzen Sarg gelehnt, der mitten im Zimmer stand und in dem Ophelia nach dem Willen ihres

Vaters schlafen mußte. Dies allein war schon bedrückend genug, aber noch mehr Sorgen machte ihm — zerstreut fuhr er mit dem Finger über den verblichenen grünen Samt, mit dem der Sarg innen ausgepolstert war —, daß sie gerne darin schlief. Während er ihre leichte, helle Gestalt betrachtete, sagte er sich, daß er Ophelia so sehr liebte, wie er niemals geglaubt hatte, jemanden lieben zu können, aber diese Liebe machte ihn nicht stark und glücklich, nein, er fühlte sich wehrlos und schwach, bis in die Fingerspitzen angefüllt mit einer unbeholfenen Zärtlichkeit, die er nicht loswerden konnte.

Ophelia rief den Kindern einen Abschiedsgruß zu und drehte lächelnd den Kopf nach ihm um.

»Siehst du, wie ihre Schreie bis zu mir emporflattern und sich um meine ausgestreckten Hände winden ... wie Schleierfetzen ... sie rufen mich, sie sind wie die kleinen Wellen, die ans Ufer schlagen und mich locken. Dort unten im Fluß liegt meine Mutter, sie ruft mich, komm, Ophelia, komm, mein Kleines ...«

»Die Leiche deiner Mutter wurde gefunden, ich weiß es von Roberta«, sagte Arthur behutsam, »sie liegt in ihrem Grab auf dem Friedhof.«

»Nein, nein«, erwiderte Ophelia bestimmt und drehte ihren Kopf wieder, um hinunter auf den Fluß sehen zu können.

»Sie liegt dort unten, tief unten, und nachts holt sie mich zu sich. Sie nimmt mich in die Arme, und kleine, silberne Fische spielen in unseren Haaren. Nur dann bin ich glücklich...«

»Ophelia«, mit zwei großen Schritten war Arthur draußen auf dem Balkon und nahm sie in die Arme.

»Ophelia, merkst du denn nicht, daß du auf dem besten Wege bist, wahnsinnig zu werden? Laß dir doch helfen. Ich liebe dich, geh mit mir, du wirst alles vergessen.«

»Vergessen.« Ophelias Augen blitzten ihn wütend an, und sie riß sich los.

»Vergessen...«, sie lachte.

»Diesen Abend am Fluß vergessen, als ich sie hinauslockte, immer weiter hinauslockte, dieses Gefühl, daß ich ihr Leben in der Hand hielt wie ein hilfloses Vögelchen, dem ich nur die Kehle zuzudrücken brauchte. Nie will ich es vergessen... lau und weich war das Wasser, in dunklem Grün hingen die Büsche hinein, Blumenduft streifte drüber hin... ach, es war eine Lust, böse zu sein, an solch einem Abend. Andere machen vielleicht Gedichte, aber ich...«

Sie starrte mit weitgeöffneten Augen hinunter auf das Wasser, »... ich tat so, als ob ich ertrinke. Ich und ertrinken!«

Sie lachte wieder und warf den Kopf zurück. »Ich schwamm wie ein Fisch, und sie, sie konnte sich gerade so ein bißchen über Wasser halten, wenn sie in der Nähe des Ufers war. Aber sie liebte mich so sehr, daß sie sich weit hinauswagte, um mir zu helfen. Dann sah sie mich und bat mich, ihr zu helfen. Sie hielt ihr nasses, weißes Gesicht über das Wasser und sah mich flehend an. Sie verstand nicht, keiner verstand mich. Ich konnte ihr nicht helfen, ich durfte es nicht. Ich mußte zusehen, wie sie ertrank, wie ihre Hände das Wasser schlugen und das bleiche Gesicht verschwand. Ich tauchte und sah sie mit erhobenen Armen in die grüne Tiefe sinken. Bläschen stiegen empor, Bläschen, ganze Kaskaden von Bläschen ...«

»Ophelia«, flüsterte Arthur und drückte ihren Kopf an seine Schulter, um sie zum Schweigen zu bringen, »sei still, du weißt nicht, was du redest.«

»Nein, ich bin nicht still!« schrie sie, »niemals wirst du mich begreifen, ich wollte, ich könnte auch dich jetzt über das Geländer schleudern ... so ... so ... und fallen sehen ... fallen, und dann der dumpfe Ton, wenn du unten aufschlägst, bevor die Stille kommt ... Stille.«

Sie hatte ihn an das Geländer gedrängt und versuchte vergeblich, seinen Oberkörper nach hinten zu biegen.

Arthur sah sie lange schweigend an. Dann griff er sich an den Hals und räusperte sich.

»Ich will verdammt sein, wenn ich jetzt aufgebe. Auf der ganzen Welt habe ich keinen solchen Teufel gefunden, wie du einer bist, aber ich werde mit dir fertig werden, verlaß dich drauf.«

Sie ließ ihn los und beobachtete ihn unter gesenkten Lidern hervor. Arthur fühlte, wie ein Schwindel ihn ergriff, und er lehnte seinen Kopf gegen die Wand.

Er wünschte sich weit fort von hier. Er wünschte sich, stundenlang durch einen grünen, feuchten Wald zu gehen, er wünschte sich, drüben an der anderen Seite des Flusses an den Zaun irgendeines Gartens zu lehnen und mit einem Mann zu sprechen, der einfach war und ehrlich in seinem Denken, einem Mann, der ihm erklären würde, wie man die Rosen vor Schädlingen bewahrt, und der ihm Gurkensamen schenken würde. Er wünschte sich, am Bahndamm entlang zu gehen und wilde Wicken zu pflücken ... er wünschte sich weit fort von Ophelia, deren regengraue Augen ihn beobachteten, er wünschte sich, er hätte sie nie gesehen.

## 13

Er verließ Ophelia ohne ein weiteres Wort, schloß die Tür hinter sich ab und fuhr hinunter ins Erdgeschoß. Heute hatte er sie früher verlassen als sonst, und Roberta, die ihn immer im Gang erwartete, um ihn hinauszulassen, war nicht zu sehen. Er tastete nach dem Schalter und machte Licht.

»Roberta!« rief er halblaut.

Tiefes Schweigen umgab ihn, und überall diese beklemmende Luft, abgestanden, staubig . . ., er schüttelte sich.

»Roberta!«

Er hörte ein Klirren und dann das Tapsen von Füßen in Hausschuhen. Eine Tür am Ende des Ganges öffnete sich, und Roberta sah blinzelnd in das Licht.

Er ging auf sie zu und erschrak. Seit Tagen hatte er von ihr nie viel mehr gesehen als ihren gesenkten Kopf, wenn sie ihm geöffnet hatte, und ihren Rücken, wenn sie ihn wieder hinausließ. Es waren nicht nur ihre rotumränderten Augen, die ihm nun auffielen, es war vor allem der Alkoholdunst, der ihm aus ihrem Atem entgegenschlug.

»Roberta«, er faßte sie an der Schulter und

schob sie in ihr dunkles Zimmer, »du trinkst.«

Sie gab keine Antwort, hielt sich am Türrahmen fest, als er sie losließ, um das Licht anzumachen, und sah an ihm vorbei.

»So ist das also.«

Er drehte das Radio ab, das leise gespielt hatte, und nahm die Flasche billigen algerischen Rotweins hoch, die auf dem Nachttisch neben dem ungemachten Bett stand.

»Diesen Fusel«, er stellte die noch halbvolle Flasche wieder hin, und um seine Mundwinkel zuckte es, aber es war eher ein trauriges als ein spöttisches Lächeln. »Du willst dich wohl mit Gewalt kaputtmachen?«

»Für mich ist der gut genug.« Robertas Stimme klang zaghaft und trotzdem irgendwie aufsässig.

Amüsiert sah er sie an.

»Komm her«, sagte er und streckte die Hand aus, »ich möchte nur wissen, wie du es jeden Abend geschafft hast, die Tür aufzuschließen.«

»Es ist, ach Arthur . . .« Sie tat einen Schritt auf ihn zu und fing an zu weinen. Sie hielt die Hände vor ihr Gesicht, schwankte zu ihrem Bett und ließ sich darauf niederfallen.

Er wurde ernst.

»Es ist also so, Roberta, ich habe dir nicht

eine schöne Erinnerung geschenkt, sondern ich habe dich erst so richtig unglücklich gemacht.«

»Unglücklich war ich schon immer«, schluchzte sie, »aber ich wußte es nicht, nicht so sehr.«

»Du«, sagte er weich und beugte sich zu ihr, »möchtest du hier fort?«

Sie setzte sich auf und sah ihn mit fassungslosem Blick an.

»Mit dir?« keuchte sie.

»Nein«, er wandte sich ab, »nicht so, wie du meinst.«

»Natürlich.« Sie hörte auf zu weinen und wischte sich mit einem Zipfel der Bettdecke über das Gesicht.

»Niemals mit dir, Arthur, ich weiß.« Sie tastete nach seiner Hand.

»Dann will ich hierbleiben, hier sehe ich dich jeden Tag, ich höre deine Schritte, wenn du kommst, deine Stimme... manchmal siehst du mich an...«, sie drückte seine Hand gegen ihre Wange.

»Könntest du nicht, manchmal, bevor du zu ihr gehst, ein paar Minuten mit mir sprechen...« Sie wagte nicht weiterzureden. Er sah, daß sie an der Wand hinter ihrem Bett vorsichtig mit zwei Klebestreifen ein getrocknetes Weidenröschen befestigt hatte, und er erinnerte sich, er hatte es ihr ins Haar gesteckt, an einem der Abende, unten am Fluß.

»Ja, Roberta«, sagte er traurig, »das will ich gerne tun.« Sie schwiegen lange. Arthur hatte sich auf einen Stuhl gesetzt, er hielt die Arme über der Brust gekreuzt und sah nachdenklich vor sich hin.

»Er sucht jemanden«, stieß Roberta plötzlich hervor.

»Was, wer«, Arthur sah hoch, »ich verstehe nicht.«

»Er, der Alte. Er hat gemerkt, daß ich trinke. Ich habe ein paarmal vergessen, einzukaufen und zu kochen. Er sagte gestern zu mir, daß er jemanden sucht, der meine Stelle einnehmen kann, bis . . . bis ich wieder in Ordnung bin.«

»Mein Gott, Roberta«, wütend starrte er sie an, »das hast du ja fein hingekriegt, das heißt also, daß ich Ophelia bald nicht mehr sehen kann.«

»Das wollte ich nicht, glaub mir, ich hasse Ophelia nicht, dazu ist sie mir viel zu fremd.«

Arthur dachte angestrengt nach.

»Er hat noch niemanden gefunden?«

»Nein.«

»Dann gibt es noch eine Möglichkeit. Hast du irgendwelche Verwandte?«

»Ja, eine Tante, sie wohnt aber sehr weit weg von hier in einem kleinen Dorf, ich habe sie noch nie gesehen.«

»Das ist sehr gut. Du wirst Ophelias Vater sagen, daß du deine Tante bitten wirst, hierher zu kommen, um eine Zeitlang für euch alle zu sorgen. Mach ihm die Sache ein bißchen schmackhaft. Sag, du hättest zu trinken angefangen, weil du dich so verlassen fühlst, erzähl ihm, deine Tante sei eine einfältige Person, die kaum Leute kennt. Traust du dir das zu?«

»Ja, schon. Aber meine Tante wird nicht kommen, das weiß ich sicher.«

»Deine Tante nicht, aber meine Mutter.«

»Deine Mutter?«

Sie hustete, und ihr Gesicht rötete sich vor Überraschung. Er nahm die Rotweinflasche vom Nachttisch und stand auf.

»Fühlst du dich gut genug, um heute abend noch einmal wegzugehen?«

Sie nickte mit fiebrig glänzenden Augen.

»Dann wasch dich, und zieh ein frisches Kleid an. In einer halben Stunde erwarte ich dich unten am Fluß.«

# 14

Nellie wird hier wohnen, solange ich fort bin«, erklärte Madame Adele der entrüsteten Wilma.

»Gib mir den Hut. Wie sehe ich aus?«

»Schrecklich«, heulte Wilma.

»Du hast recht«, stellte Madame Adele befriedigt fest. Sie betrachtete sich im Spiegel. Das Kleid, das sie trug, war einfach und schimmerte in einem verwaschenen Blau, es umspannte prall ihre üppige Figur. Ihre schwarzen Haare waren eingefettet und zu einem straffen, kleinen Knoten hochgedreht, der mitten auf dem Kopf thronte. Die Finger waren ohne Ringe, die Nägel kurzgeschnitten. Madame roch nicht mehr nach Moschus, sondern nach Kernseife, ein Geruch, der, wie sie schnuppernd feststellte, »gar nicht so übel ist, und ich werde mich wahrscheinlich an noch viel mehr gewöhnen müssen«.

»Aber Sie können doch gar nicht kochen«, jammerte Wilma und zerrte verzweifelt hinten an Adeles Kleid, das sie ihr nur mit knapper Not über die Hüften hatte ziehen können.

»Wenn ich kochen will, dann kann ich es auch, meine Liebe«, erklärte Madame Adele und stemmte theatralisch den Arm in die Seite.

»Auf jeden Fall sehe ich so aus, als ob ich es sehr gut könnte.«

Wilma schwankte zwischen Weinen und Lachen.

»Das beste wird sein«, sie wischte sich mit dem Handrücken über die Nase, »wenn ich heute im ganzen Haus die Vorhänge abnehme und wasche, das wird mich auf andere Gedanken bringen.«

»Tu das«, Madame Adele sah sie mürrisch an, »mein Gott, wenn es nicht für Arthur wäre, kein Mensch brächte mich sonst hier fort.«

Das Haus sah wirklich alt und verkommen aus, so fand Madame Adele, die an der verwitterten Fassade hochschaute, düster und abweisend blickte es auf sie nieder. Sie drückte auf den Klingelknopf, bückte sich dann und sah ungeniert durchs Schlüsselloch. Einen langen, dunklen Gang, der, so empfand sie, geradewegs in die Hölle führen mußte, kam ein alter Mann herangeschlurft. Hinter der Tür blieb er stehen und rief mit einer hohen, zittrigen Stimme:

»Wer ist da?«

»Ich bin es, machen Sie auf, ich bin die Köchin.«

Sie hörte ihn vor sich hinmurmeln und mit Schlüsseln hantieren. Bis er langsam und umständlich die Tür aufgeschlossen hatte, hatte sie Zeit gefunden, ihr Kleid glattzustreichen. Sie überlegte, ob sie die Schultern einziehen sollte, ließ es dann aber doch lieber bleiben, in Gedanken daran, daß sie ja nicht zu einem kurzen Besuch gekommen war, sondern um eine Stellung anzutreten. Wer weiß, so dachte sie mit einem anklagenden Blick die Hausfront hoch, hinter der sie irgendwo Arthur vermutete, vielleicht sogar eine Lebensstellung.

Der Alte hatte inzwischen sein bleiches, ausgemergeltes Gesicht durch den Türspalt gezwängt und betrachtete sie mißtrauisch.

Adele stieß die Tür sanft, aber fest auf, drückte sie hinter sich wieder ins Schloß und fragte:

»Wo ist die Küche? Und wo ist mein Zimmer? Ich muß mich ein bißchen frischmachen.«

»Was ist das für ein Benehmen ...« Er schnappte nach Luft, und dann wurde er plötzlich wütend.

»Hinaus«, keifte er, »Sie impertinente Person, hinaus, oder ich werfe Sie eigenhändig vor die Tür.«

Madame Adele setzte ihren Koffer nieder und lehnte sich mit verschränkten Armen gegen die Wand.

»Bitte!« sagte sie.

Und dann begann sie zu lachen. Erst stieg ein unterdrücktes Kichern aus der Tiefe ihres Bauches empor, wie Perlchen, die aus einer Sektflasche steigen, dann kam die Explosion. Sie lachte, bis sie fast zerbarst, sie lachte über diesen Knirps, der nicht einmal genug Kraft besaß, um ihren kleinen Finger umzubiegen, sie lachte über ihre aufgezwirbelten Haare, sie lachte über ihr Kleid, das in allen Nähten krachte...

Entsetzt blickte er sie an. Dieses Gebirge von einer Frau, die mit ihrem Gelächter das tote Haus zum Leben erweckte, erfüllte ihn mit Schrecken, aber auch mit Bewunderung. Er mußte bei ihrem Anblick an manches denken, von dem er geglaubt hatte, es längst vergessen zu haben... Bootsfahrten, abends auf dem Fluß, Sommernächte, in denen die Studenten in einer Laube am Wasser sangen, ein großer, zerfaserter Mond am Himmel, kleine, überaus süß schmeckende Törtchen...

»Himbeertörtchen«, sagte er plötzlich laut in das verebbende Gelächter hinein.

»Ja, ja natürlich«, japste Madame Adele und wischte sich über die Augen, »die kann ich auch.«

Sie sah ihn freundlich und nicht ohne Mitgefühl an, dann nahm sie ihren Koffer auf und ging einfach den Gang hinunter. Der Alte trabte hinter ihr her, er wußte nicht, ob er mehr wütend oder mehr erschrocken war, nur eines spürte er zum erstenmal seit langem wieder sicher — daß es Blut war, was durch seine Adern floß, und kein lauwarmes Wasser.

## 15

Es mußten Ratten sein, die leise trippelnd durch das Zimmer über dem ihren zogen. Es knarrte und quietschte und huschte, woher sollte sie wissen, daß sie nicht auch bei ihr hier in diesem stickigen Raum waren, sich nur noch leise verhielten und sie mit schwach glitzernden Augen unter dem Schrank, dem Tisch hervor belauerten, bis sie schlief? Um dann... um dann vielleicht ihre Haare anzuknabbern, ihre Fingernägel, ihre Nasenspitze...

Adele wälzte sich ruhelos hin und her. Sie dachte an das Mädchen unterm Dach, von dem Roberta ihr zögernd nur weniges berichtet hatte. Sie dachte an Arthur, der heute nicht gekommen war — um ihr ein bißchen Zeit zum Eingewöhnen zu geben —, wie er ihr durch Roberta hatte mitteilen lassen. Sehr rücksichtsvoll... Adele lächelte ironisch in die Dunkelheit.

»Ich kann doch nicht schlafen«, murmelte sie düster, »ich werde einmal nach Ophelia sehen.«

Sie schob sich behutsam aus dem Bett — nur keinen Lärm verursachen —, zwar wußte sie nicht, wo der Alte schlief, aber es war auf jeden Fall besser, sie verhielt sich leise. Sie streifte ein Paar dicke, gestrickte Strümpfe über und öffnete sachte die Tür. In ihrem langen Nachthemd und mit aufgelösten, zu fettigen Spießchen gedrehten Haaren wogte sie fast lautlos den Gang hinunter in Richtung Treppe.

»Falls diese alte Eule, Ophelias Vater, doch nicht schläft und irgendwo im Haus herumgeistert«, sagte sie sich, grimmig lächelnd, »wird nichts geeigneter sein, ihn in die Flucht zu schlagen, als mein Anblick.«

Sie fand im Dunkeln die Treppe, hielt sich am Geländer und tappte die staubigen Stufen empor. Durch die halbblinden Scheiben der Treppenhausfenster fiel ein fahles, unwirkliches Licht. Im ersten und zweiten Stockwerk waren die Türen zu den Wohnungen geschlossen, vielleicht auch nur angelehnt, sie berührte sie nicht. Im dritten Stock stand eine Tür halboffen, ein Spalt, der noch dunkler war als die Dunkelheit in den äußersten Winkeln des Treppenhauses, schien sie drohend aufsaugen zu wollen.

»Niemand soll mir noch einmal sagen, alte Häuser hätten keine Seele«, flüsterte Adele in das schwarze Loch hinein und schob die knarrende Tür weiter auf.

Etwas berührte ihre Hand. Sie schrie leise

auf und schlug mit der anderen Hand zu, es mußte eine dicke, weiche Spinne sein, die sie zerdrückt hatte, angewidert wischte sie ihre Finger an der Wand ab. Sie trat von der Tür zurück und stieg weiter hinauf. Als die Treppen aufhörten, schimmerte ihr schon das hell phosphoreszierende Kreuz an der Tür entgegen, die sie suchte.

»Wie makaber, eine Grabkammer...« Nun, da sie fast am Ziel war, wurde es Adele plötzlich weich in den Knien, sie lehnte sich gegen die Tür und preßte ihr Ohr gegen das Holz. Sie hörte nichts außer dem Knarren und Knistern, dem Tapsen und Piepsen, das das ganze Haus durchzog wie eine leise, ferne Hexenmusik. Sie tastete nach der Klinke und drückte sie vorsichtig herunter — verschlossen —, aber, sie suchte, der Schlüssel steckte; behutsam drehte sie ihn um und schob langsam die Tür auf.

Hier im Zimmer war es heller. Das Mondlicht fiel in einem breiten Streifen durch die geöffnete Balkontür, und was Adele in diesem Licht erblickte, ließ sie erschrocken unter der Tür stehenbleiben. Mitten im Zimmer sah sie auf einem niederen, schwarzverhängten Gestell einen geöffneten Sarg; ein paar Blumentöpfe mit im Mondlicht farblos aussehenden Hortensien waren ringsum auf den Boden gestellt.

Zögernd trat sie näher und beugte sich mit angehaltenem Atem über den Sarg. Ein Mädchen lag darin und schlief. Es sah ganz jung aus im Mondlicht, zart und klein. Der Mund war leicht geöffnet, die Wimpern stickten schwarze Bögen aus Seide auf das blasse Gesicht. Der Mond betrachtete lange mit Adele das kleine Mädchen, das weit weg am Grunde eines Wassers zu liegen schien und tot zu ihnen emporlächelte. Erst als unten in den Gärten am Fluß ein Vogel zu singen begann, dem ein anderer von weither antwortete, schrak Adele hoch. Sie ging hinaus auf den Balkon und legte ihre Hände auf das Geländer, das feucht war von Tau. Nirgendwo mehr war ein Licht, das den Mond freundlicher machte, blau und kalt hing sein großes Laternengesicht am Himmel, und es sah, was es nie mehr zu sehen geglaubt hatte — in Adeles Augen standen Tränen.

## 16

Es war dieses kleine, traurige Gesicht, das Adele nicht mehr vergessen konnte. Immerzu sah sie es vor sich, blaß und mit seinem verlorenen Lächeln, ein paar Haare darübergeweht wie über dem Gesicht einer Ertrunkenen, über das immer eine sanfte Strömung fächelt.

Sie stand in der Küche und knetete den Teig für einen Kuchen. Durch hohe schmale Fenster fiel blaues, durch den Schmutz der Scheiben gefiltertes Licht auf den Tisch und die große Teigschüssel, in der ihre Hände ruhelos umherfuhren, den Teig zusammenballten, wieder losließen und von neuem zusammenpreßten. Sie war mit ihren Gedanken ganz und gar nicht bei ihrer Arbeit, es war ihr gleichgültig, wie der Kuchen wurde, falls er überhaupt gelang, sie fühlte sich müde und zerschlagen und gleichzeitig von einer dumpfen Sehnsucht erfüllt, die sie sich nicht erklären konnte.

Sie setzte sich auf einen Stuhl, nahm die teigverklebten Hände aus der Schüssel, legte die Arme auf den Tisch und ließ den Kopf sinken.

Dieses Mädchen da oben, es war nicht tot,

sie hatte seinen leichten Atem auf ihrer Wange gespürt, als sie sich über den Sarg gebeugt hatte. Es war nicht tot, nein, aber es war weit fort, gerade noch von seinem kaum spürbaren, sanften Atem mit dem Leben verbunden.

»Ich fühle«, sagte Adele halblaut in die schweigende Küche hinein, »es ist besser, wenn ich gehe. Ich bin nicht ängstlich, aber hier geschehen Dinge, die mich um meinen Verstand bringen werden.«

Die hohen, feuchten Wände, die Schränke mit ihrem abgeblätterten Lack, der Spülstein mit den vielen dunkel angeschlagenen Stellen, sie alle schienen ihrer Stimme zu lauschen; dann lief es wie ein Wispern und Flüstern durch das Haus — der Alte kam. Er kam den langen Gang herangeschlurft, und Adele spürte, wie sich ihre Haare sträubten.

»Ich bin nicht mehr, was ich war«, keuchte sie entrüstet, »hat eine einzige Nacht in diesem verfluchten Haus genügt, mich zu einem hysterischen, alten Weib zu machen? Ich bin Adele«, flüsterte sie schnaufend der alten Kaffeemaschine zu, »ich bin Adele, ich bin groß und stark und mächtig … ich bin Adele!« brüllte sie dem eintretenden Alten laut und wütend ins Gesicht.

»Sie sind Adele«, er lächelte spöttisch, blieb stehen, stützte sich auf seinen Stock und sah sie abschätzend von oben bis unten an.

»Gewiß, Sie sind Adele. Sie sind groß und stark und mächtig, aber Ihre Nerven scheinen nicht die besten zu sein.«

Er humpelte zum Tisch, zog einen Stuhl heran und setzte sich neben sie. Er nahm Adeles rundliche, feste Hand zwischen seine mageren Finger und begann sie zu tätscheln.

»Beruhigen Sie sich«, sagte er, »Sie sind vom Land, nie etwas anderes gewesen als eine Köchin, es gibt Dinge, die Sie nie verstehen werden und auch nie verstehen sollen.«

Bis dahin hatte er mit sanfter, freundlicher Stimme gesprochen. Er machte eine Pause, und plötzlich kam es scharf und drohend aus seinem Mund:

»Sie waren letzte Nacht oben?«

Adele nickte fassungslos.

»Neugieriges altes Weib«, zischte er zwischen den Zähnen, und dann, wieder freundlicher, sagte er:

»Sie hätten es ja doch bald erfahren, es ist meine Tochter, sie ist«, er drehte den Kopf zur Seite, »sie ist nicht ganz normal.«

Nun sah er sie wieder voll an.

»Ich dachte, es könnte keine bessere Barriere geben als drei Stockwerke, angefüllt mit Ratten und Mäusen. Aber ich sehe, daß die Neugier eines Weibes auch das überwindet.« Er begann auf eine widerwärtige Weise zu kichern.

»Ich war hinter Ihnen, o ja, die ganze Zeit. Ich sehe im Dunkeln besser als eine Katze, ich war Ihnen manchmal so nah, daß ich Sie in Ihren dicken, weißen Hintern hätte kneifen können, wenn ich gewollt hätte. Ha, ha, ha . . . !«

Er lehnte sich im Stuhl zurück und erstickte fast an seinem Witz. Adele fand ihre Ruhe wieder und entzog ihm ihre Hand. Der Alte hörte ebenso plötzlich, wie er zu lachen begonnen hatte, wieder auf und steckte blitzschnell seinen Finger in die Teigschüssel. Laut schmatzend zog er ihn durch den Mund und schleckte ihn ab.

»Gut, mhm, was gibt das, Kuchen, Törtchen? Wir werden schon miteinander zurechtkommen. Wie geht es Roberta? Ich brauche wohl nicht nach ihr zu sehen, nein, Sie sorgen doch für alles? Medizin, alles, was sie will. Wenn es sein muß, auch einen Arzt. Aber Verschwiegenheit, meine Liebe«, er drohte ihr mit dem Finger, »kein Tratsch, kein Klatsch, sonst werden Sie es büßen müssen.«

Er beugte sich vor und brachte sein Gesicht direkt vor das ihre. Sie sah einen Teigrest an seinem Mundwinkel kleben und schloß angewidert die Augen.

»Augen auf!« herrschte er sie an.

Adele öffnete zornig die Augen und sah in seine kleinen, schwarz aufglimmenden Pupillen. Sie hielt seinem Blick lange stand, dann senkte sie die Lider. Er lachte meckernd, erhob sich und hinkte langsam wieder aus der Küche. Als er die Tür hinter sich geschlossen hatte, stand Adele auf, nahm die Teigschüssel hoch und ließ sie auf dem Steinboden zerschellen. Es gab einen furchtbaren Krach, und sie hatte das Gefühl, daß sich das große, schweigende Haus erschrocken über sie wölbte, um zu horchen. Lange stand sie still da und sah vor sich hin, schließlich schüttelte sie seufzend den Kopf und ging zur Kaffeemaschine, um sich den stärksten Kaffee ihres Lebens zu brauen.

## 17

Als sie am frühen Abend dieses Tages Arthur nach langer Zeit zum erstenmal wiedersah und in ihre Arme schloß, glaubte sie, in seinen Augen Spuren derselben unwägbaren Angst zu entdecken, die sie nun auch langsam, aber stetig in ihre Umklammerung zu nehmen begann. Es war nichts Sichtbares, nichts Greifbares, das ihr dieses Gefühl vermittelte. Von den stummen, kalten Wänden schien ein unfaßbares Grauen auszugehen, in dunklen Ekken, hinter angelehnten Türen, in Nischen und Winkeln nistete das Entsetzen, bereit, sie zu überfallen und zu würgen. In blauem Licht verdämmernde Nachmittage verbrachte sie mit Roberta in der Küche, sie sahen sich an und sahen aneinander vorbei. Roberta hatte nicht aufgehört zu trinken, und ihr stummes und stetiges Beispiel vor Augen, griff Adele allmählich auch immer mehr zur Flasche.

»Ich bin nur noch ein Schatten meines Selbst«, erklärte sie eines Tages Arthur, der bei ihnen in der Küche saß.

»Wo ist die laute und fröhliche, wo die selbstbewußte Adele? Arthur, wenn ich dich nicht so liebte, wäre ich schon längst fort.

Aber du bist versessen auf dieses Mädchen, und ich kenne dich gut genug, um zu wissen, daß du sie nie vergessen würdest, wenn du sie jetzt verläßt. Wir sind in eine Gruft eingedrungen, die wir nie hätten öffnen dürfen, und ihre stickige und moderige Luft wird uns langsam vergiften.«

Arthur sprang auf und durchmaß, die mächtigen Schultern vorgebeugt, mit weiten Schritten die Küche. Laut hallte es auf den Fliesen, im Spülstein klirrte das schmutzige, aufeinandergestapelte Geschirr.

»Ich sehe, daß ich euch unglücklich mache, dich und Roberta, glaubst du, ich bin blind? Und ich sehe, daß meine Liebe Ophelia so wenig erreicht wie am ersten Tag. Ich dringe nicht zu ihr durch«, verzweifelt hob er die Hände hoch, »manchmal glaube ich, sie zieht eine Schar von Geistern hinter sich her wie einen mächtigen Schweif. Sie umringen sie, sie umlagern sie, es sind nicht Ophelias Augen allein, die mich ansehen, wenn ich bei ihr bin, es sind nicht nur ihre Ohren, die mich hören, wenn ich zu ihr spreche, es sind unzählige Augen und unzählige Ohren, die mich beobachten und belauern. Ich weiß nicht, wem Ophelia gehört, aber eines weiß ich sicher, sie gehört nicht uns Menschen.«

»Was nützt dir dieses Wissen?« Adeles Stimme klang müde, »meinst du denn, deine Liebe zu Ophelia wäre gleich schwer und süß, wenn sie nicht so sehr nach Wahnsinn und Tod schmecken würde?«

»Du hast ja recht«, flüsterte Arthur, »du hast ja so recht, aber warum... sag mir nur eines, wenn sie mich nicht liebt, warum schickt sie mich dann nicht fort?«

Adele betrachtete ihn voller Trauer und Zärtlichkeit.

»Warum, Arthur? Nun, vielleicht... sie hat schon lange niemanden mehr umgebracht.«

## 18

Es wurde Herbst. Weiße und lila Astern glimmten in den Gärten auf, Rauch hing in der Luft und beizte Adeles empfindliche Nase. Nebel kroch an den Fenstern des Hauses hoch und hüllte die alten Mauern zärtlich in sein weiches, graues Tuch. Weiches, graues Tuch, das sich auch über den Klang der streitenden Stimmen legte, die aus Ophelias offener Balkontüre in die Herbstnacht hinausdrangen, und ihm alle Schärfe nahm.

»Was willst du von ihr? Laß sie in Ruhe. Hör auf, ihr immerzu Fragen zu stellen.« Arthurs Augen funkelten wütend.

»Ich, ich versuche ihr zu helfen, sie vergessen zu lassen, was geschehen ist, und du? Ist es dir entfallen, daß ich sie liebe?«

»Nein, Arthur, ich habe es nicht vergessen«, Adele sah ihn fest mit ihrem dunklen, leuchtenden Blick an, »aber ich glaube, daß es nur eine Liebe gibt, die ihr Leben einigermaßen erträglich macht, und das ist, so unglaublich es dir auch klingen mag, die Liebe ihres Vaters, der sie einschließt und alle Menschen von ihr fernhält und sie damit vor einem Leben im Irrenhaus bewahrt.«

Arthur wurde weiß bis in die Lippen.

»Dieses Wort«, flüsterte er fast tonlos, »dieses Wort sprichst du hier vor ihr aus.«

Ophelia hatte sich in ihren Sarg zurückgelegt und begann so, für beide unsichtbar, zu sprechen:

»Im Irrenhaus ...«, ihre Stimme klang sanft, »ach, Arthur, neulich träumte ich, ich wäre auf einem großen Fest. Überall brannten Kerzen, Blumenduft hing schwer in der Luft, ich hörte das Schlurfen vieler tanzender Füße und das Rauschen von Kleidern. Ich aber saß am Rande, allein auf einem Stuhl, vor einem schweren roten Vorhang. Niemand tanzte mit mir, niemand. Ich hatte die Hände im Schoß ineinandergeschlungen und sah mit sehnsüchtigen Augen auf die anderen. Da, endlich berührte jemand, der von hinten an mich herangetreten war, zart mit dem Finger meine Schulter ... ein Tänzer ... ich stand auf und flog herum. Wer aber war es?«

Ophelia setzte sich im Sarg auf und begann zu lachen.

»Der Tod«, prustete sie kichernd heraus, »der Tod ... der Tod. Armer Arthur, nie wird jemand anderer mit mir tanzen als der Tod.«

Auch Adele war nun blaß geworden. Schweigend blickten sie beide auf den Sarg, in den sich Ophelia wieder zurückgelegt hatte und in dem sie nun vor sich hin zu singen begann, als wären sie nicht mehr da.

Arthur ging zur Tür und hielt sie für seine Mutter auf.

»Wirst du noch bleiben?« Adele sah ihn besorgt an. Er zögerte, warf noch einen Blick auf den Sarg und ging mit ihr hinaus.

Sie fuhren gerade mit dem Aufzug am zweiten Stockwerk vorbei, als er plötzlich stehenblieb und das Licht erlosch. Von der Glastür, an der sie soeben vorbeigefahren waren, war noch ein schmaler, handbreiter Streifen sichtbar, und in dem grauen schmutzigen Licht, das aus dem Treppenhaus kam, konnten sie ihre erschrokkenen Gesichter sehen.

»Was soll das?« fragte Adele. Arthurs Stimme klang merkwürdig dumpf in diesem Käfig, in dem sie gefangensaßen:

»Ich habe vergessen, ihre Tür abzuschließen«, sagte er, »und oben, zwei Schritte neben ihrer Tür, hängt der Kasten mit den Sicherungen . . .«

Sie schwiegen und sahen sich an. Leichte Schritte kamen die Treppe herunter, und der graue Spalt über ihren Köpfen verdunkelte sich.

»Arthur und Adele, Arthur und Adele«, hörten sie Ophelias Stimme in einem frohlokkenden Singsang, »ihr habt vergessen, die arme, kleine Ophelia einzusperren. Ach, was wird sie jetzt tun, die hilflose, zarte, kleine Ophelia, die irre, geliebte kleine Ophelia, was wird sie tun, was wird sie tun . . .?«

Der Schatten verschwand, und dann, nach einer kleinen Pause, hörten sie wieder ihre Stimme. Nun sang sie nicht mehr, es war eine kalte, klare Stimme, die zu ihnen sprach.

»Schreit, ihr beide«, sagte die Stimme, »schreit, so laut ihr könnt, denn ihr habt nicht mehr viel Zeit. Nur noch so viel Zeit, wie man braucht, eine Axt zu holen und ein Seil durchzuschlagen. Schreit, damit ich euch hören kann, winselt um euer Leben, fleht mich an, versprecht mir alles, alles. Jetzt atmet ihr noch, habt ihr Augen, einen Mund und Zähne, alles an seinem Platz, wie aber werdet ihr nachher aussehen? Zerrissen und aufgespießt, blutige Fetzen werdet ihr sein, hört ihr, hört ihr mich?«

Kleine Fäuste trommelten gegen das Glas. Arthur ließ sich an der Wand herunterrutschen und setzte sich auf den Boden.

»Das ist also nun das Ende«, er schien ganz ruhig, »gib mir deine Hand, Adele.«

Sie stellte sich neben ihn und gab ihm ihre Hand, die er an sein Gesicht legte. Sie warteten und sprachen nicht. Nur einmal sagte Adele leise etwas vor sich hin.

»Was meinst du?« fragte Arthur.

»Ach, nichts«, antwortete sie, abwesend und verträumt, als hätte sie alles um sich herum vergessen, »nichts weiter, ich dachte nur an die Chrysanthemen in meinem Garten, ob Wilma sie hochgebunden hat?«

Erstaunt hob er die Schultern und ließ sie wieder fallen. Nachdenklich sah er zu ihr hoch — dann lächelte er.

Wieder umgab sie tiefes Schweigen. Auf einmal ließ Arthur Adeles Hand los und richtete sich auf. Er hörte zwei Stimmen, laute Stimmen, die miteinander stritten.

»Roberta«, flüsterte er, »mein Gott . . .!«

Sie hörten Schritte, die die Treppe emporhasteten, an ihnen vorbei, und kurz danach leichte schnelle Tritte, die ihnen folgten. Das Licht im Fahrstuhl ging an, und mit einem leichten Ruck setzte er sich wieder in Bewegung. In diesem Moment hörten sie den Schrei:

»Arthur!« Unheimlich gellte es durch das leere Haus, schien sich in allen Winkeln zu brechen und zu wiederholen.

»Aaarthur!«

Endlich hielt der Fahrstuhl, Arthur riß die Türen auseinander und stürzte hinaus. Er rannte mit Riesensätzen die Stufen hinauf. Auf dem vierten Treppenabsatz machte er halt. Vor seinen Füßen lag ein dunkles, lebloses Bündel. Langsam sank er in die Knie, seine Hände zitterten.

»Roberta.«

Keine Antwort. Reglos lag das Bündel da, einen Augenblick lang kam es ihm so vor, als stünde die Zeit still. Er hörte Adeles Keuchen und das Geräusch ihrer Schritte auf den Stufen, weit unten. Seine Uhr tickte...

Tiefes Entsetzen erfaßte ihn. Wie unter Zwang wandte er den Kopf und sah nach oben. Auf einer Treppenstufe, das Kinn in die Hände gestützt, saß Ophelia und sah ihn an.

»Ist sie tot?« fragte sie.

Arthur nahm Roberta in die Arme und legte sie so, daß ihr Gesicht an seine Schulter zu ruhen kam. Nirgends war ein Tröpfchen Blut zu sehen, ihre Augen waren geschlossen, der Mund stand ein klein wenig offen. Er betrachtete lange versunken dieses tote Gesicht und wandte auch nicht den Blick davon, als Adele endlich da war und ihn an der Schulter nahm.

»Komm«, sagte Adele leise.

Wie ein Schlafwandler stand er auf. Als er hinunterstieg, Roberta im Arm, erreichte ihn Ophelias klägliches Rufen.

»Und ich? Was wird mit mir? Arthur, bleib bei mir, mein Vater ... Was wird mein Vater ...«

Er drehte sich nach ihr um, und die Worte kamen träge und kalt, hingen noch lange in der Luft wie der Nebel draußen vor den Fenstern: »O du, geh du nur zu deinem Liebsten in das Haus an der Schleuse.«

Als er unten war, ging er den Gang entlang, stieß mit der Schulter die Tür zu Robertas Zimmer auf und legte sie auf ihr Bett. Er strich ihr die Haare aus der Stirn und deckte sie behutsam zu. Adele wartete lange draußen. Als sich nichts rührte, rief sie leise seinen Namen. Er kam und schloß sachte die Tür hinter sich. Sie sah ihn ängstlich an, aber er lächelte ihr beruhigend zu und nahm ihren Arm.

»Wir müssen fort, ich weiß. Er wird bald kommen und sie finden. Dann darfst du nicht mehr hier sein.«

Er drehte sich noch einmal um und preßte seine Stirn gegen das Holz der Tür.

»Roberta«, murmelte er. Nie hatte Adele ihn einen Namen zärtlicher aussprechen hören.

# 19

Nellie hatte es sich in Adeles Salon gemütlich gemacht. Das Abendessen war wieder sehr gut gewesen — Königinpastetchen, verschiedene Salate, zum Nachtisch Birne Hélène —, eines mußte sie Wilma zugestehen, sie kochte für sie vielleicht nicht so gern, aber auf jeden Fall so gut wie für Adele. Nellie hatte zum Essen reichlich getrunken, einmal, um sich über ihre Einsamkeit hinwegzutrösten, hauptsächlich aber, um Wilmas verdrossene Miene besser übersehen zu können. Sie war der Ansicht, daß Wilmas Gesicht durch verwischte Konturen nur gewinnen konnte.

In dem großen Kachelofen knisterte das Feuer, draußen wütete der Herbstwind in den alten Bäumen, die sich ihm ächzend unterwarfen — Nellie rutschte die Zeitschrift aus der Hand, sie schlief ein. Als sie blinzelnd wieder die Augen öffnete, fragte sie sich, wie lange sie wohl geschlafen hatte. Eine Stunde? Ein paar Minuten? Noch schlaftrunken ließ sie den Blick über die Decke wandern, den hohen, dunklen Bücherschrank — sie drehte den Hals, der von der unbequemen Lage etwas schmerzte —, den alten Sessel, der Sessel . . . oh.

Sie stieß einen schrillen Schrei aus und starrte auf Adele, die, in einem prächtigen, grünen, mit chinesischen Drachen bevölkerten Schlafrock, ihr gegenüber in dem alten Sessel saß und nachlässig in einer winzigen Mokkatasse rührte.

»Hallo, Nellie«, sagte Adele und nahm einen Schluck.

»Adele, wo kommst du her, so plötzlich ... lieber Himmel, hast du mich erschreckt.«

»Das tut mir leid, altes Gespenst«, sie klopfte ihr herzlich aufs Knie, »laß dich durch mich nicht stören, schlaf nur weiter.«

»Wo denkst du hin! Jetzt schlafen, wo du endlich wieder da bist, nein. Du mußt mir erzählen ...«

Adele stellte ihre Tasse hin und gab ihr einen langen, unergründlichen Blick.

»Erzählen ... Das tut mir leid, Nellie, aufrichtig leid. Du wirst es nicht für möglich halten, aber ich habe nicht das geringste erlebt, das es wert wäre, erzählt zu werden.«

»Aha, schon gut, ich verstehe«, Nellie rümpfte beleidigt die Nase, »ich bin die arme Verwandte, die froh sein muß, wenn sie am Tisch mitessen darf, aber daß man ihr irgend etwas anvertraut, das gibt es nicht.«

»O Nellie«, sagte Adele müde, »hör auf,

deiner Stimme solch einen weinerlichen Klang zu geben, und glaube mir, ich schweige nicht, weil ich dich geringschätze, sondern aus dem ganz entgegengesetzten Grund, weil ich dich sehr gern habe. Es genügt vollkommen, daß man mich aus den Angeln gehoben hat, es genügt, daß für mich nichts mehr so sein wird, wie es vorher war.«

Nellie hob überrascht den Kopf, und sie sah an Adeles ernstem und verschlossenem Gesicht, daß es das beste war, dieses Thema für immer ruhen zu lassen.

Seufzend verschränkte sie die Hände über ihrem Schoß.

»Darf ich wenigstens fragen, wo Arthur ist? Natürlich nur, falls du es zufällig wissen solltest?«

Adele betrachtete sie lange.

»Nellie, ich fühle, du wirst mir guttun, deine kindliche Bosheit ist wie Honig im Vergleich zu ...«, sie wischte sich mit der Hand über die Stirn, » ... fort damit ...«

Sie nahm ihre Tasse wieder vom Tisch, trank sie leer und drehte sie zwischen ihren Händen.

»Und was Arthur angeht, meine Liebe, so kannst du ganz beruhigt sein, das einzige Problem, mit dem er sich gerade herumschlägt, wird wohl sein, wie er das alles essen soll, was Wilma ihm hinstellt.«

Wilma strahlte vor Glück, daß sie Arthur und Adele wieder da hatte. Sie übertraf sich selbst und stellte in kurzer Zeit ein opulentes Menü zusammen.

»Wärst du mit einem Eisbecher als Nachtisch einverstanden, Arthur?« fragte sie.

»Aber ja«, er sah ihr zu und schüttelte den Kopf.

»Wilma, du bist eine Künstlerin.«

Sie lachte stolz und zufrieden und warf ihm von der Seite einen Blick zu. Er schien ihr verändert, aber was tat das schon? Sie stellte keine neugierigen Fragen, Hauptsache, er und Adele waren wieder da.

»Hast du mir diesmal kein Andenken von deinem Abenteuer mitgebracht?« fragte sie, während sie sich bückte, um ein heruntergefallenes Messer aufzuheben. Arthur kam ihr zuvor und legte das Messer auf den Tisch.

»Ein Andenken«, er sah sie nachdenklich an, »doch«, er zögerte, »ich habe eines, aber ich kann es dir nicht geben, es ist das Kostbarste, was ich besitze.«

Er suchte vorsichtig in seinen Taschen und

brachte ein zusammengefaltetes Stück Zeitung zum Vorschein. Behutsam legte er es auf den Tisch und schlug es auseinander. Wilma, die sich erwartungsvoll vorgebeugt hatte, zog verwundert wieder ihre Hand zurück.

Auf dem Papier lag ein verdorrtes Weidenröschen.

## 20

Im Zimmer war es dunkel geworden. Zweimal hatte ich Anton heraufkommen und seine Schritte vor der Tür anhalten hören, aber er hatte es nicht gewagt, anzuklopfen oder einzutreten. Nun, da Herr Sebastian aufgehört hatte zu sprechen, schien es mir, als wäre auch die letzte Verbindung zwischen uns abgebrochen, mochte dieses Halbdunkel noch so sehr die Atmosphäre des Zimmers in dem Haus an der Schleuse beschwören, ich wußte, ich würde nicht bleiben. Ich war Martha, die zu der alten Frau zurückgehen, und nicht Ophelia, die hier bei diesen Irren bleiben würde, selbst nicht viel mehr als eine Irre, die die ganze Zeit über eine dünne, brüchige Eisdecke gelaufen war, die nur eine Schneeschicht bedeckt hatte. Herr Sebastian hatte den Schnee weggewischt, und ich konnte nun unter dem Eis, an die Oberfläche gedrängt, Gesichter sehen, tastende Hände, offene Münder, die mich riefen, Kinder des Wahnsinns. Aber Martha würde das Ufer erreichen, bevor das Eis brach, Martha würde zurückkehren zu ihrem friedlichen Leben und alles wieder vergessen.

Ich erhob mich schwankend aus dem Sessel,

das Blut in meinen Adern begann wieder zu kreisen, langsam ging ich auf die Tür zu, ich hielt mich an einem der Bücherregale und machte einen Bogen um den kleinen Tisch, der vor dem Sofa stand. Die schattenhafte Gestalt rührte sich nicht, aber die sanfte Stimme fragte:

»Du gehst fort?«

»Ja.«

Ich war schon fast an der Tür, als er wieder sprach.

»Wenn du jetzt fortgehst«, sagte die Stimme aus dem dunklen Zimmer, »wirst du mich nirgends mehr finden, hörst du mich, du wirst mich nicht mehr finden.«

Ich gab der Stimme keine Antwort und zog leise die Tür hinter mir zu. Im Gang brannte Licht, ich ging die Treppe hinunter und lauschte, hinter mir blieb es still.

Unten, in dem Lichtstrahl, der aus der Tür fiel, traf ich Anton, er saß auf einem Hocker und putzte Schuhe. Als er mich sah, stand er so hastig auf, daß der Schuh, den er in der Hand gehalten hatte, ihm auf den Boden kollerte. Nach einem Blick in mein Gesicht holte er, ohne zu reden, meinen Koffer und meinen Mantel. Mit zitternden Händen half er mir die

Knöpfe schließen, als ob er es nicht erwarten könnte, mich fortzubringen. Wen wollte er schützen, mich oder den da oben? Jetzt hörte ich auch die anderen reden, sie schienen in der Küche zu sein, wo es am wärmsten und bestimmt auch am gemütlichsten war. Einmal hörte ich sogar Charlottes etwas zu grelles Lachen, sie hatte sich schnell getröstet. Als ich mit Anton den kalten, knirschenden Kiesweg zum Tor hinunterging, drehte ich mich noch einmal um, das ganze Haus war hell beleuchtet, warmes, rötliches Licht brach aus den Fenstern und leuchtete durch die Bäume, nur oben, im ersten Stock, blieben zwei Fenster dunkel.

## 21

Schon als ich vor der Tür unserer Wohnung stand, wurde mir seltsam beklommen zumute. Nichts rührte sich auf mein Läuten. Ich kniete nieder, öffnete meinen Koffer und kramte den Hausschlüssel heraus. Es war still in der Wohnung, nur die Uhr in der Küche tickte.

Ich stellte den Koffer auf den Boden und legte das gefüllte Einkaufsnetz daneben. Ich hatte ein Päckchen Kaffee gekauft und Kuchen ... sie würde sich freuen. Die Küche war aufgeräumt, kein schmutziges Geschirr stand im Spülstein. Vor dem Fenster trieben dicke Schneeflocken vorbei, es hatte geschneit, seit ich in den Zug gestiegen war, die ganze Nacht geschneit, mich fror.

»Alte Frau«, rief ich. Meine Stimme klang merkwürdig krächzend, und ich versuchte es nicht noch einmal.

Warum hatte sie das Feuer ausgehen lassen? Ich ging über den Flur und öffnete die Tür zu ihrem Schlafzimmer. Nun wußte ich, warum kein Feuer mehr brannte. Sie lag im Bett, das Kissen hochgezogen bis ans Kinn, den Kopf leicht zur Seite geneigt, so daß sie mir ihr wächsernes totes Gesicht zuwandte. Es war eiskalt im Zimmer, ich stand an der Tür und starrte sie an. Ich trat einen Schritt zurück, noch einen und warf die Tür hinter mir zu. Ich stürzte in die Küche und versuchte, alles mögliche auf einmal zu tun. Ich drehte das Radio an, stopfte Papier und Holz in den Ofen, drehte Kaffeebohnen durch die Mühle und setzte Wasser auf.

Endlich saß ich auf meinem Stuhl am Tisch, umklammerte mit beiden Händen die Tasse und ließ langsam Schluck auf Schluck hinunterrinnen. Das Feuer im Ofen knisterte, vor dem Fenster trieben immer noch Schneeflocken vorbei, aus dem Radio kam leise Musik, und ich wartete und wußte nicht worauf. Ich ließ das Feuer in der Küche ausgehen und ging in mein Zimmer. Ich nahm das Radio mit und den Wasserkessel, Brot, Kaffee und Käse und Brennmaterial für viele Tage. Ich hängte mein Kleid in den Schrank, zog ein langes weißes Nachthemd an und legte mich aufs Bett. Ich kreuzte die Arme hinter dem Kopf und sah auf das Fenster.

Es waren jetzt nicht nur die Stiefel der Arbeiter, frühmorgens, die ich sehen konnte, ich konnte jetzt auch die Füßchen der Schulkinder betrachten, die Einkaufstaschen der

Frauen ... Den ganzen Tag wanderten Füße die Treppe auf und ab, aber ich hörte sie nicht, denn es schneite immer noch, und der Schnee schluckte jeden Laut. Ab und zu aß ich Brot und ein bißchen Käse, ich trank Kaffee, manchmal schlief ich auch. Das Radio lief die ganze Zeit, außer nachts, wenn Sendepause war. Aber das waren nur ein paar Stunden, und in diesen Stunden, wenn alles still war, denn auch die Uhr war stehengeblieben, spürte ich, daß außer mir und der alten Frau noch jemand in der Wohnung war, jemand, der unendlich geduldig wartete, bis mein Brot gegessen war, der sich dann neben mein Bett stellen würde, um mich, wenn es soweit wäre, sanft mit seinem Finger an der Stirn zu berühren.

Ich wurde immer müder. Ich wußte nicht, wie lange ich schon so dalag. Immer war eine leichte Dämmerung im Zimmer, Wolken ballten sich in den Ecken zusammen, Nebelschwaden zogen über mich hin, aus denen mich schweigend viele Gesichter ansahen.

Eines Morgens wachte ich auf, und mein Kopf war klar, mein Körper war leicht, als wäre er bis in die Fingerspitzen ausgehöhlt und angefüllt mit Luft.

Ich stand auf und ging ans Fenster. Es fiel

kein Schnee mehr, die Sonne schien. Ich hob den Kopf, denn es kam jemand den Viadukt herauf, blieb stehen und beugte sich zu mir herunter. Ich sah in Herrn Sebastians lächelndes Gesicht.

Ich wollte zurücktreten, aber ich hatte nicht die geringste Kraft mehr, ich schwankte und hörte nur noch den dumpfen Ton, als mein Kopf auf dem Holzboden des Zimmers aufschlug.

## 22

Es war immer noch Winter, als ich aus dem Spital entlassen wurde. Aber der Schnee war geschmolzen und der Frühling nicht mehr weit, ich spürte es an der Luft, sie war weich und trug schon den Geruch der Erde in sich. Ich ging gleich zum Bahnhof und kaufte mir eine Fahrkarte nach G. Ich mußte ein paarmal umsteigen, bis ich endlich in dem Zug saß, der durch die endlose Ebene fuhr. Der Horizont verschwamm im Dunst des blauen Winternachmittages. Ich verließ den Zug an der kleinen Station und wanderte den schmalen Pfad entlang, der in weitem Bogen um das Dorf herum zum Wäldchen führte. Manche Fenster in den Häusern des Dorfes wurden schon durch das Licht, das die Bauern der frühen Dämmerung wegen angezündet hatten, zu honiggelben Vierecken.

Ich hörte das Klirren von Ketten und Eimern, das Muhen einer Kuh. Aus den Schornsteinen stieg Rauch auf. Ich wandte dem friedlichen Dorf den Rücken zu und folgte dem Pfad durch das Wäldchen, am Fuß der Mauer entlang, bis zum Tor, das weit offenstand. Ich trat in den einsamen Park ein. Die großen, entlaubten Bäume, auf denen Krähen saßen, umstanden den kleinen Teich, in dem sich das verlassene Haus mit den zerbrochenen Fensterscheiben spiegelte. Ich sah die verwelkten Blumenrabatten und unter dem alten Baum, der seine kahlen Äste weit über das Wasser streckte, den verwitterten Tisch. Ich ging zum Rande des kleinen, grauen Teiches, schritt durch das Schilf, das ihn umgab, immer mehr in das Wasser hinein, bis ich den Boden unter den Füßen verlor.

Leise schaukelnd sank ich bis auf den Grund Dort blieb ich liegen, mit weitoffenen Augen, ich hörte fern das Kreischen der Krähen, und das Wasser durchflutete mich so sanft, wie es einem Fisch durch die Kiemen fließt.

## *Fanny Morweiser im Diogenes Verlag*

*Ein Winter ohne Schnee*
Roman. Leinen

*Ein Sommer in Davids Haus*
Roman. detebe 21059

*Lalu lalula, arme kleine Ophelia*
Eine unheimliche Liebesgeschichte
detebe 20608

*La vie en rose*
Ein romantischer Roman
detebe 20609

*Indianer-Leo*
und andere Geschichten aus dem wilden Westdeutschland
detebe 20799

*Die Kürbisdame*
Kleinstadt-Trilogie
detebe 20758

*O Rosa*
Ein melancholischer Roman
detebe 21280

*Voodoo-Emmi*
Erzählungen. detebe 21541

**● Fredric Brown**
*Flitterwochen in der Hölle.* Schauer- und Science-Fiction-Geschichten. detebe 20600

**● John Buchan**
*Die neununddreißig Stufen.* Roman
detebe 20210
*Grünmantel.* Roman. detebe 20771
*Mr. Standfast oder Im Westen was Neues*
Roman. detebe 20772
*Die drei Geiseln.* Roman. detebe 20773
*Basilissa.* Roman. detebe 21249

**● W. R. Burnett**
*Little Caesar.* Roman. detebe 21061
*High Sierra.* Roman. detebe 21208
*Asphalt-Dschungel.* Roman. detebe 21417

**● Karel Čapek**
*Der Krieg mit den Molchen.* Roman
detebe 20805

**● David Carkeet**
*Minus mal Minus.* Roman. detebe 21478

**● Anton Čechov**
*Das Drama auf der Jagd.* Eine wahre Begebenheit. detebe 21379

**● Raymond Chandler**
*Der große Schlaf.* Roman. detebe 20132
*Die kleine Schwester.* Roman. detebe 20206
*Das hohe Fenster.* Roman. detebe 20208
*Der lange Abschied.* Roman. detebe 20207
*Die simple Kunst des Mordes.* Essays, Briefe, Fragmente. detebe 20209
*Die Tote im See.* Roman. detebe 20311
*Lebwohl, mein Liebling.* Roman
detebe 20312
*Playback.* Roman. detebe 20313
*Mord im Regen.* Frühe Stories. detebe 20314
*Erpresser schießen nicht.* Detektivstories I
detebe 20751
*Der König in Gelb.* Detektivstories II
detebe 20752
*Gefahr ist mein Geschäft.* Detektivstories III
detebe 20753
*Englischer Sommer.* Geschichten und Essays
detebe 20754

**● Erskine Childers**
*Das Rätsel der Sandbank.* Roman
detebe 20211

**● Agatha Christie**
*Villa Nachtigall.* Kriminalgeschichten
detebe 20133
*Der Fall der enttäuschten Hausfrau*
Kriminalgeschichten. detebe 20826

**● Douglas Clark**
*Die längste Freude.* Roman. detebe 21578

**● Wilkie Collins**
*Ein schauerliches fremdes Bett.* Gruselgeschichten. detebe 20589

**● Joseph Conrad**
*Lord Jim.* Roman. detebe 20128
*Der Geheimagent.* Roman. detebe 20212
*Herz der Finsternis.* Erzählung. detebe 20363

**● Manfred von Conta**
*Schloßgeschichten.* detebe 21060
*Der Totmacher.* Roman. detebe 20962

**● Stephen Crane**
*Das blaue Hotel.* Klassische Geschichten aus dem Wilden Westen. detebe 20789
*Die rote Tapferkeitsmedaille.* Roman
detebe 21299

**● Freemann Wills Crofts**
*Die Frau im Faß.* Roman. detebe 21476

**● Claude Cueni**
*Schneller als das Auge.* Roman. detebe 21542

**● Guy Cullingford**
*Post mortem.* Roman. detebe 20369

**● Daniel Defoe**
*Robinson Crusoe.* Roman. detebe 21364

**● Peter Dickinson**
*Das Giftorakel.* Roman. detebe 21520

**● Dolly Dolittle's**
*Crime Club.* detebe 20277–20279, 20664, 21564

**● Arthur Conan Doyle**
*Sherlock Holmes Geschichten.* detebe 21211

**● Friedrich Dürrenmatt**
*Grieche sucht Griechin / Mr. X macht Ferien / Nachrichten über den Stand des Zeitungswesens in der Steinzeit.* Grotesken
detebe 20851
*Der Hund / Der Tunnel / Die Panne*
Drei Erzählungen. detebe 20850
*Aus den Papieren eines Wärters.* Frühe Prosa
detebe 20848
*Das Versprechen / Aufenthalt in einer kleinen Stadt.* Erzählungen. detebe 20852
*Der Richter und sein Henker.* Kriminalroman
Mit einer biographischen Skizze des Autors
detebe 21435

*Der Verdacht.* Kriminalroman. Mit einer biographischen Skizze des Autors. detebe 21436
*Justiz.* Roman. detebe 21540

### ● Alexandre Dumas Père
*Horror in Fontenay.* Roman. detebe 20367

### ● Lord Dunsany
*Smetters erzählt Mordgeschichten*
detebe 20597
*Jorkens borgt sich einen Whisky.* Club-Geschichten. detebe 20598

### ● William Faulkner
*Der Springer greift an.* Kriminalgeschichten
detebe 20182
*Die Spitzbuben.* Roman. detebe 20989
*Die Freistatt.* Roman. detebe 20802

### ● Celia Fremlin
*Klimax.* Roman. detebe 20916
*Wer hat Angst vorm schwarzen Mann?*
Roman. detebe 21302
*Die Stunden vor Morgengrauen*
Roman. detebe 21515

### ● Egon Friedell
*Die Rückkehr der Zeitmaschine.* Phantastische Novelle. detebe 20177

### ● Felix Gasbarra
*Schule der Planeten.* Roman. detebe 20549

### ● Der goldene Gelbe 86
Sonderausgabe. Enthält folgende Romane: Raymond Chandler, Der große Schlaf / Patricia Highsmith, Zwei Fremde im Zug / Eric Ambler, Die Maske des Dimitrios
detebe 21412

### ● Der goldene Gelbe 87
Sonderausgabe. Enthält folgende Romane: Dashiell Hammett, Der dünne Mann/Margaret Millar, Liebe Mutter, es geht mir gut/Ross Macdonald, Unter Wasser stirbt man nicht
detebe 21524

### ● Gespenster
*Gespenster / Mehr Gespenster / Noch mehr Gespenster.* Die besten Gespenstergeschichten, herausgegeben von Mary Hottinger und Dolly Dolittle. detebe 20497, 21027 und 21310

### ● Robert van Gulik
*Mord im Labyrinth.* Roman. detebe 21381
*Tod im Roten Pavillon.* Roman. detebe 21383
*Wunder in Pu-yang?* Roman. detebe 21382
*Halskette und Kalebasse.* Roman. detebe 21519

### ● Rider Haggard
*Sie.* Abenteuerroman. detebe 20236
*König Salomons Schatzkammer.* Roman
detebe 20920

### ● Dashiell Hammett
*Der Malteser Falke.* Roman. detebe 20131
*Rote Ernte.* Roman. detebe 20292
*Der Fluch des Hauses Dain.* Roman
detebe 20293
*Der gläserne Schlüssel.* Roman. detebe 20294
*Der dünne Mann.* Roman. detebe 20295
*Fliegenpapier.* 5 Stories. detebe 20911
*Fracht für China.* 3 Stories. detebe 20912
*Das große Umlegen.* 3 Stories. detebe 20913
*Das Haus in der Turk Street.* 3 Stories
detebe 20914
*Das Dingsbums Küken.* 3 Stories. Nachwort von Steven Marcus. detebe 20915

### ● Cyril Hare
*Mörderglück.* Kriminalgeschichten
detebe 20196

### ● W. F. Harvey
*Die Bestie mit den fünf Fingern.* Gruselgeschichten. detebe 20599

### ● E.W. Heine
*Kille Kille.* Makabre Geschichten
detebe 21053
*Hackepeter.* Neue Kille Kille Geschichten
detebe 21219
*Wer ermordete Mozart? Wer enthauptete Haydn?* Mordgeschichten für Musikfreunde
detebe 21437
*Wie starb Wagner? Was geschah mit Glenn Miller?* Neue Geschichten für Musikfreunde
detebe 21514

### ● O. Henry
*Die klügere Jungfrau.* Geschichten
detebe 20871
*Das Herz des Westens.* Geschichten
detebe 20872
*Der edle Gauner.* Geschichten. detebe 20873
*Wege des Schicksals.* Geschichten
detebe 20874
*Streng geschäftlich.* Geschichten
detebe 20875
*Rollende Steine.* Geschichten. detebe 20876

### ● Patricia Highsmith
*Der Stümper.* Roman. detebe 20136
*Zwei Fremde im Zug.* Roman. detebe 20173
*Der Geschichtenerzähler.* Roman
detebe 20174
*Der süße Wahn.* Roman. detebe 20175

*Die zwei Gesichter des Januars.* Roman
detebe 20176
*Der Schrei der Eule.* Roman. detebe 20341
*Tiefe Wasser.* Roman. detebe 20342
*Die gläserne Zelle.* Roman. detebe 20343
*Das Zittern des Fälschers.* Roman
detebe 20344
*Lösegeld für einen Hund.* Roman
detebe 20345
*Der talentierte Mr. Ripley.* Roman
detebe 20481
*Ripley Under Ground.* Roman. detebe 20482
*Ripley's Game.* Roman. detebe 20346
*Der Schneckenforscher.* Geschichten
detebe 20347
*Ein Spiel für die Lebenden.* Roman
detebe 20348
*Kleine Geschichten für Weiberfeinde*
detebe 20349
*Kleine Mordgeschichten für Tierfreunde*
detebe 20483
*Venedig kann sehr kalt sein.* Roman
detebe 20484
*Ediths Tagebuch.* Roman. detebe 20485
*Der Junge, der Ripley folgte.* Roman
detebe 20649
*Leise, leise im Wind.* Geschichten
detebe 21012
*Keiner von uns.* Erzählungen. detebe 21179
*Leute, die an die Tür klopfen.* Roman
detebe 21349
*Nixen auf dem Golfplatz.* Erzählungen
detebe 21517

## ● Edward D. Hoch
*Frankensteins Fabrik.* Roman. detebe 21561

## ● E.W. Hornung
*Raffles – Der Dieb in der Nacht.* Geschichten
detebe 20237
*Raffles – Der Amateur-Einbrecher.* Geschichten. detebe 21579

## ● Gerald Kersh
*Mann ohne Gesicht.* Phantastische Geschichten. detebe 20366

## ● Hans Werner Kettenbach
*Minnie oder Ein Fall von Geringfügigkeit*
Roman. detebe 21218

## ● Russische Kriminalgeschichten
Von Fjodor Dostojewskij bis Anton Tschechow. detebe 21127

## ● Klassische Kriminalnovellen
von François de Pitaval bis Anton Čechov
detebe 21500

## ● Maurice Leblanc
*Arsène Lupin – Der Gentleman-Gauner*
Roman. detebe 20127
*Die hohle Nadel oder Die Konkurrenten des Arsène Lupin.* Roman. detebe 20239
*813 – Das Doppelleben des Arsène Lupin*
Roman. detebe 20931
*Der Kristallstöpsel oder Die Mißgeschicke des Arsène Lupin.* Roman. detebe 20932
*Die Gräfin von Cagliostro oder Die Jugend des Arsène Lupin.* Roman. detebe 20933
*Arsène Lupin kontra Herlock Sholmes*
Roman. detebe 21026
*Die Insel der 30 Särge.* Roman
detebe 21198
*Die Uhr schlägt achtmal.* Roman
detebe 21254

## ● Sheridan Le Fanu
*Carmilla, der weibliche Vampir*
detebe 20596
*Der ehrenwerte Herr Richter Harbottle*
Unheimliche Geschichten. detebe 20619

## ● Gaston Leroux
*Das Geheimnis des gelben Zimmers*
Roman. detebe 20924

## ● Marie Belloc Lowndes
*Jack the Ripper oder Der Untermieter*
Roman. detebe 20130

## ● Ross Macdonald
*Dornröschen war ein schönes Kind.* Roman
detebe 20227
*Unter Wasser stirbt man nicht.* Roman
detebe 20322
*Ein Grinsen aus Elfenbein.* Roman
detebe 20323
*Die Küste der Barbaren.* Roman
detebe 20324
*Der Fall Galton.* Roman. detebe 20325
*Gänsehaut.* Roman. detebe 20326
*Der blaue Hammer.* Roman. detebe 20541
*Durchgebrannt.* Roman. detebe 20868
*Geld kostet zuviel.* Roman. detebe 20869
*Die Kehrseite des Dollars.* Roman
detebe 20877
*Der Untergrundmann.* Roman. detebe 20878
*Der Drahtzieher.* Sämtliche Detektivstories I
detebe 21018
*Einer lügt immer.* Sämtliche Detektivstories II. detebe 21019
*Sanftes Unheil.* Roman. detebe 21178
*Blue City.* Roman. detebe 21317
*Der Mörder im Spiegel.* Roman. detebe 21303

## ● W. Somerset Maugham
*Silbermond und Kupfermünze.* Roman
detebe 20087
*Auf Messers Schneide.* Roman. detebe 20088
*Rosie und die Künstler.* Roman. detebe 20086

## ● Margaret Millar
*Liebe Mutter, es geht mir gut...* Roman
detebe 20226
*Die Feindin.* Roman. detebe 20276
*Fragt morgen nach mir.* Roman. detebe 20542
*Ein Fremder liegt in meinem Grab.* Roman
detebe 20646
*Die Süßholzraspler.* Roman. detebe 20926
*Von hier an wird's gefährlich.* Roman
detebe 20927
*Der Mord von Miranda.* Roman
detebe 21028
*Das eiserne Tor.* Roman. detebe 21063
*Fast wie ein Engel.* Roman. detebe 21190
*Die lauschenden Wände.* Roman
detebe 21421
*Nymphen gehören ins Meer!* Roman
detebe 21516

## ● Mord
*Mord / Mehr Morde / Noch mehr Morde*
Das Standardwerk englischer und amerikanischer Kriminalstories. Herausgegeben von Mary Hottinger. detebe 20030-20032

## ● Wahre Morde
Die berühmtesten Kriminalfälle und -prozesse aus England. Herausgegeben von Mary Hottinger. detebe 20587

## ● Fanny Morweiser
*Lalu lalula, arme kleine Ophelia.* Roman
detebe 20608
*La vie en rose.* Roman. detebe 20609
*Indianer-Leo.* Geschichten. detebe 20799
*Die Kürbisdame.* Erzählungen
detebe 20758
*Ein Sommer in Davids Haus.* Roman
detebe 21059
*Voodoo-Emmi.* Erzählungen. detebe 21541

## ● Magdalen Nabb
*Tod im Frühling.* Roman. detebe 21566

## ● Hans Neff
*XAP oder Müssen Sie arbeiten? fragte der Computer.* Ein fabelhafter Tatsachenroman
detebe 21052

## ● Edgar Allan Poe
*Die schwarze Katze* und andere Verbrechergeschichten. detebe 21183
*Die Maske des roten Todes* und andere phantastische Fahrten. detebe 21184
*Der Teufel im Glockenstuhl* und andere Scherz- und Spottgeschichten. detebe 21185
*Der Untergang des Hauses Usher* und andere Geschichten von Schönheit, Liebe und Wiederkunft. detebe 21182
*Die denkwürdigen Erlebnisse des Arthur Gordon Pym.* Roman. detebe 21267

## ● Patrick Quentin
*Bächleins Rauschen tönt so bang.* Kriminalgeschichten. detebe 20195
*Familienschande.* Roman. detebe 20917

## ● Jack Ritchie
*Der Mitternachtswürger.* Detektivgeschichten. detebe 21293
*Für alle ungezogenen Leute.* Detektiv-Geschichten. detebe 21384

## ● Saki
*Die offene Tür.* Erzählungen. detebe 20115

## ● Maurice Sandoz
*Am Rande.* Unheimliche Erzählungen
Deutsch von Gertrude Droz-Rüegg
detebe 20739

## ● Karl W. Schlegel
*Richter wider Willen.* Roman. detebe 21422

## ● Bernhard Schlink & Walter Popp
*Selbs Justiz.* Roman. detebe 21543

## ● Science-Fiction-Geschichten des Golden Age
Von Ray Bradbury bis Isaac Asimov. Herausgegeben von Peter Naujack. detebe 21048

## ● Klassische Science-Fiction-Geschichten
Von Voltaire bis Conan Doyle. Herausgegeben von William Matheson
detebe 21049

## ● Hermann Harry Schmitz
*Buch der Katastrophen.* detebe 20548

## ● Georges Simenon
Maigrets erste Untersuchung. Roman
detebe 20501
*Maigret und Pietr der Lette.* Roman
detebe 20502
*Maigret und die alte Dame.* Roman
detebe 20503
*Maigret und der Mann auf der Bank.* Roman
detebe 20504

*Maigret und der Minister.* Roman
detebe 20505
*Mein Freund Maigret.* Roman. detebe 20506
*Maigrets Memoiren.* Roman. detebe 20507
*Maigret und die junge Tote.* Roman
detebe 20508
*Maigret amüsiert sich.* Roman. detebe 20509
*Hier irrt Maigret.* Roman. detebe 20690
*Maigret und der gelbe Hund.* Roman
detebe 20691
*Maigret vor dem Schwurgericht.* Roman
detebe 20692
*Maigret als möblierter Herr.* Roman
detebe 20693
*Madame Maigrets Freundin.* Roman
detebe 20713
*Maigret kämpft um den Kopf eines Mannes*
Roman. detebe 20714
*Maigret und die kopflose Leiche.* Roman
detebe 20715
*Maigret und die widerspenstigen Zeugen*
Roman. detebe 20716
*Maigret am Treffen der Neufundlandfahrer*
Roman. detebe 20717
*Maigret bei den Flamen.* Roman
detebe 20718
*Maigret und die Bohnenstange.* Roman
detebe 20808
*Maigret und das Verbrechen in Holland.*
Roman. detebe 20809
*Maigret und sein Toter.* Roman
detebe 20810
*Maigret beim Coroner.* Roman. detebe 20811
*Maigret, Lognon und die Gangster.* Roman
detebe 20812
*Maigret und der Gehängte von Saint-Pholien*
Roman. detebe 20816
*Maigret und der verstorbene Monsieur Gallet*
Roman. detebe 20817
*Maigret regt sich auf.* Roman. detebe 20820
*Maigret und das Schattenspiel.* Roman
detebe 20734
*Maigret und die Keller des Majestic*
Roman. detebe 20735
*Maigret contra Picpus.* Roman. detebe 20736
*Maigret läßt sich Zeit.* Roman. detebe 20755
*Maigrets Geständnis.* Roman. detebe 20756
*Maigret zögert.* Roman. detebe 20757
*Maigret und der Treidler der »Providence«*
Roman. detebe 21029
*Maigret hat Angst.* Roman. detebe 21062
*Maigrets Nacht an der Kreuzung.* Roman
detebe 21050
*Maigret erlebt eine Niederlage.* Roman
detebe 21120
*Maigret gerät in Wut.* Roman
detebe 21113
*Maigret verteidigt sich.* Roman
detebe 21117
*Maigret und der geheimnisvolle Kapitän*
Roman. detebe 21180
*Maigret und die alten Leute.* Roman
detebe 21200
*Maigret und das Dienstmädchen.* Roman
detebe 21220
*Maigret und der Fall Nahour.* Roman
detebe 21250
*Maigret im Haus des Richters.* Roman
detebe 21238
*Maigret und der Samstagsklient.* Roman
detebe 21295
*Maigret in New York.* Roman
detebe 21308
*Maigret und die Affäre Saint-Fiacre.* Roman
detebe 21373
*Sechs neue Fälle für Maigret.* Erzählungen
detebe 21375
*Maigret stellt eine Falle.* Roman
detebe 21374
*Maigret in der Liberty Bar.* Roman
detebe 21376
*Maigret und der Spion.* Roman. detebe 21427
*Maigret und die kleine Landkneipe.* Roman
detebe 21428
*Maigret und der Verrückte von Bergerac*
Roman. detebe 21429
*Maigret, die Tänzerin und die Gräfin.* Roman
detebe 21484
*Maigret macht Ferien.* Roman. detebe 21485
*Maigret und der hartnäckigste Gast der Welt*
Erzählungen. detebe 21486
*Maigret verliert eine Verehrerin.* Roman
detebe 21521
*Maigret und sein Rivale.* Roman. detebe 21523
*Maigret in Nöten.* Roman. detebe 21522
*Maigret und die schrecklichen Kinder.* Roman
detebe 21574
*Maigret und sein Jugendfreund.* Roman
detebe 21575
*Maigret und sein Revolver.* Roman
detebe 21576

## ● Henry Slesar

*Das graue distinguierte Leichentuch.* Roman
detebe 20139
*Vorhang auf, wir spielen Mord!* Roman
detebe 20216
*Erlesene Verbrechen und makellose Morde*
Kriminalgeschichten. detebe 20225
*Ein Bündel Geschichten für lüsterne Leser*
Roman. detebe 20275
*Hinter der Tür.* Roman. detebe 20540
*Aktion Löwenbrücke.* Roman. detebe 20656
*Ruby Martinson.* Geschichten. detebe 20657
*Schlimme Geschichten für schlaue Leser*
detebe 21036
*Coole Geschichten für clevere Leser*
detebe 21049

*Fiese Geschichten für fixe Leser.* Deutsch von Thomas Schlück. detebe 21125
*Böse Geschichten für brave Leser*
detebe 21248
*Die siebte Maske.* Roman. detebe 21518
*Frisch gewagt ist halb gemordet.* Geschichten
detebe 21577

## ● Muriel Spark
*Memento Mori.* detebe 20892
*Robinson.* Roman. detebe 21090
*Päng päng, du bist tot.* Erzählungen
detebe 21533
*Hoheitsrechte.* Roman. detebe 21580

## ● R. L. Stevenson
*Die Schatzinsel.* Roman. detebe 20701
*Der Junker von Ballantrae.* Roman
detebe 20703
*Die Entführung.* Roman. detebe 20704
*Catriona.* Roman. detebe 20705
*Die Herren von Hermiston.* Roman
(Fragment). detebe 20702
*Der Pavillon auf den Dünen / Der seltsame Fall von Dr. Jekyll und Mr. Hyde*
Zwei Novellen. detebe 20706
*Der Selbstmörderklub / Der Diamant des Rajahs.* Zwei Geschichtensammlungen
detebe 20707
*Die tollen Männer* und andere Geschichten
detebe 20708
*Der Flaschenteufel* und andere Geschichten
detebe 20709
*Der Leichenräuber* und andere Geschichten
detebe 20710
*Der gefährliche Archipel.* In der Südsee I
Roman. detebe 21449
*Der Palast der vielen Frauen.* In der Südsee II
Roman. detebe 21450

## ● Bram Stoker
*Draculas Gast.* Gruselgeschichten
detebe 20135

## ● Julian Symons
*Auf den Zahn gefühlt.* Geschichten
detebe 20601
*Ein Pekinese aus Gips.* Kriminalgeschichten
detebe 20740

## ● Lydia Tews
*Wer nicht träumt, ist tot.* detebe 21513

## ● Susanne Thommes
*Der falsche Freund.* Roman. detebe 21380
*Brüderchen und Schwesterchen.* Roman
detebe 21423
*Totensonntag.* Kriminalroman. detebe 21474

## ● Roland Topor
*Der Mieter.* Roman. detebe 20358

## ● B. Traven
*Das Totenschiff.* Roman. detebe 21098
*Die Baumwollpflücker.* Roman
detebe 21099
*Die Brücke im Dschungel.* Roman
detebe 21100
*Der Schatz der Sierra Madre.* Roman
detebe 21101
*Die Weiße Rose.* Roman. detebe 21102
*Aslan Norval.* Roman. detebe 21103
*Regierung.* Roman. detebe 21104
*Die Carreta.* Roman. detebe 21105
*Der Marsch ins Reich der Caoba.* Roman
detebe 21106
*Trozas.* Roman. detebe 21107
*Die Rebellion der Gehenkten.* Roman
detebe 21108
*Ein General kommt aus dem Dschungel*
Roman. detebe 21109
*Die Geschichte vom unbegrabenen Leichnam*
Erzählungen. detebe 21110
*Die ungeladenen Gäste.* Erzählungen
detebe 21111
*Der Banditendoktor.* Erzählungen
detebe 21112

## ● Mark Twain
*Tom Sawyers Abenteuer.* Roman
detebe 21369
*Huckleberry Finns Abenteuer.* Roman
detebe 21370
*Kannibalismus auf der Eisenbahn* und andere Erzählungen. detebe 21488
*Der gestohlene weiße Elefant* und andere Erzählungen. detebe 21489
*Die Eine-Million-Pfund-Note* und andere Erzählungen. detebe 21490
*Der Prinz und der Bettelknabe.* Eine Erzählung für junge Menschen jeden Alters
detebe 21507

## ● Jules Verne
*Reise um die Erde in achtzig Tagen.* Roman
detebe 20126
*Fünf Wochen im Ballon.* Roman
detebe 20241
*Von der Erde zum Mond.* Roman
detebe 20242
*Reise um den Mond.* Roman. detebe 20243
*Zwanzigtausend Meilen unter Meer.* Roman
in zwei Bänden. detebe 20244 + 20245
*Reise zum Mittelpunkt der Erde.* Roman
detebe 20246

*Der Kurier des Zaren.* Roman in zwei Bänden. detebe 20401 + 20402
*Die fünfhundert Millionen der Begum* Roman. detebe 20403
*Die Kinder des Kapitäns Grant.* Roman in zwei Bänden. detebe 20404 + 20405
*Die Erfindung des Verderbens.* Roman detebe 20406
*Die Leiden eines Chinesen in China.* Roman detebe 20407
*Das Karpathenschloß.* Roman. detebe 20408
*Die Gestrandeten.* Roman in zwei Bänden detebe 20409 + 20410
*Der ewige Adam.* Geschichten. detebe 20411
*Robur der Eroberer.* Roman. detebe 20412
*Zwei Jahre Ferien.* Roman. detebe 20440
*Das erstaunliche Abenteuer der Expedition Barsac.* Roman. detebe 21237
*Die Insel der Milliardäre.* Roman detebe 21243
*Die Eissphinx.* Roman. detebe 21268
*Die großen Seefahrer und Entdecker.* Eine Geschichte der Entdeckung der Erde im 18. und 19. Jahrhundert. detebe 21401

## ● Lewis Wallace
*Ben Hur.* Eine Erzählung aus der Zeit Christi. detebe 21291

## ● Hans Weigold
*Eines der verwunschenen Häuser.* Roman detebe 21070

## ● H. G. Wells
*Der Krieg der Welten.* Roman. detebe 20171
*Die Zeitmaschine.* Roman. detebe 20172

## ● Weltuntergangsgeschichten
Von Poe bis Dürrenmatt. detebe 20806

## ● P. G. Wodehouse
*Promenadenmischung.* Lustige Geschichten I detebe 21056
*Der Pennymillionär.* Lustige Geschichten II detebe 21226

## ● Cesare Zavattini
*Liebenswerte Geister.* Erzählungen detebe 21058